CŒUR SANGLANT

Par Louise Carvalho

E. BERNARD, ÉDITEUR, PARIS

Cœur Sanglant

PAR

Louise Carvalho

PARIS

E. BERNARD, IMPRIMEUR-ÉDITEUR

29, Quai des Grands-Augustins, 29

—

Droits de Traduction et de Reproduction réservés

Cœur Sanglant.

I

Le menuisier Jean Renaud exerçait, en 1789, une sorte de souveraineté non seulement parmi les gens de son métier mais encore dans tout le quartier Saint-Antoine où il était établi.

A cette époque le peuple s'agitait sourdement, commençant enfin à comprendre ses droits et à se rendre compte des abus de la royauté. Et ce peuple qui se connaissait en hommes avait accordé à Jean Renaud une sorte de pouvoir moral illimité, rendant ainsi justice à la probité, proclamant par là la suprématie de l'intelligence.

On l'écoutait et on commentait d'après lui les actes des Etats Généraux en qui tous les faibles mettaient leur confiance. Chez lui se réunissaient les hommes assez téméraires pour oser espérer une vie plus libre et une répartition plus juste des droits et des devoirs de chaque citoyen. Ils venaient lui soumettre leurs idées et recueillir son opinion qu'ils savaient toujours dictée par le bon sens et le souci constant d'un bien-être général dont ils soupçonnaient l'existence, dont ils entrevoyaient la réalisation.

On admirait son habileté, on l'estimait parce qu'il
était simple et droit, on l'aimait pour sa bonté et
sa générosité.

*
* *

Au moment où commence cette histoire, Jean Renaud venait, comme chaque soir, de fermer les au-
vents de son atelier. Mais, au lieu d'aller se reposer
des fatigues d'une journée bien remplie, il se dirigea
vers son arrière-boutique, s'installa à un établi et
commença à démonter, avec d'infinies précautions,
une petite table de forme bizarre et tourmentée qui
lui avait été apportée par quelque domestique du
richissime comte de Maix. Celui-ci, en outre, n'avait
pas craint de venir lui-même donner quelques instructions pour l'exécution d'un travail qui devait être
d'une extrême délicatesse, à en juger par le soin que
mettait Jean à manier le meuble précieux.

Cette visite n'avait point trop surpris les commères
du quartier car le menuisier, bien que jeune encore,
avait acquis une réputation telle que l'on voyait souvent des voitures armoriées stationner devant sa
porte.

Le comte avait regagné son équipage sans provoquer grande curiosité. On remarqua seulement qu'il
n'avait point, en sortant de l'atelier, cette morgue
qu'affectaient la plupart des nobles riches et de
vieille race. On vit là un hommage de l'aristocratie

rendu au mérite de l'homme du peuple et on sut gré à celui qui en avait été l'objet.

Jean avait promis que le meuble serait rapidement réparé et voulant tenir sa parole, prenait sur son repos le temps nécessaire à ce surcroît de besogne.

Debout, calme et attentif, chacun de ses mouvements indiquait l'homme intelligent, maître de lui, qui sent que la vie est trop courte et le temps trop précieux pour en perdre une parcelle en maladroites précipitations.

Cependant les bruits familiers du quartier s'éteignaient peu à peu à mesure que la nuit se faisait plus profonde, et Jean travaillait toujours.

Tout à coup un cri strident partant de l'intérieur de la maison le fit tressaillir. Il écouta. Le cri se répétait et semblait venir des étages supérieurs. Alors, sans attendre plus, Jean saisit un marteau, se précipita dans l'escalier et en deux bonds arriva au premier palier. Il s'arrêta entendant des gémissements qui le guidèrent. Il ouvrit vivement la porte d'un logement et se trouva en face d'un spectacle lamentable.

Sur un lit, près de la fenêtre, une femme, aux traits émaciés par la souffrance râlait, et son souffle, de plus en plus haletant, semblait près de s'éteindre. Une jeune fille, à demi couchée sur la mourante, en proie à un désespoir qui touchait à la folie, poussait des cris désespérés comme pour rappeler la vie qui abandonnait l'agonisante.

Jean s'avança. Son expérience d'homme du peuple lui fit comprendre que tout secours était inutile. Les yeux de la mourante semblèrent l'implorer ; elle fit un geste au-dessus de la tête de la jeune fille demandant peut-être ainsi aide et protection, puis, anéantie par ce dernier effort, rendit le dernier soupir.

La chambre était remplie de voisins attirés par les cris. Jean s'approcha du lit et doucement, mais avec fermeté, prit la jeune fille, la souleva et l'entraîna à l'autre extrémité de la pièce. Une des femmes présentes, avec cette charité qui distingue la population parisienne, s'avança pour soutenir la pauvre fille qui défaillait.

— Madame Doucet, connaissez-vous cette malheureuse ? demanda Jean Renaud.

— Non. Voici seulement quinze jours que ces dames sont installées, et jusqu'ici elles n'avaient parlé à personne. Du reste la mère, qui semblait déjà très malade quand elle est arrivée, ne sortait que rarement.

— J'espérais qu'elles auraient des amis ou tout au moins des relations dans la maison. Je vis confiné dans ma boutique et n'avais pas l'occasion de les rencontrer. Dans tous les cas, nous ne pouvons abandonner cette jeune fille dans une solitude affreuse en face de ce cadavre. Je vais tâcher d'obtenir d'elle quelques renseignements.

La jeune fille ne criait plus et paraissait plongée dans une prostration douloureuse. La tête était renversée en arrière ; le visage aux traits fins et au ton

mat ressortait, admirable sur le fond sombre que
formaient les cheveux noirs, défaits et épars. Elle
était belle ainsi, d'une émouvante beauté.

Jean se pencha sur elle :

— Mon enfant, dit-il, c'est un ami qui vous parle...
Ne vous laissez point accabler par votre douleur... Il
y a là quelques braves gens qui ne demandent qu'à
vous aider dans votre malheur. Essayez de me répondre, vous faciliterez ainsi leur tâche.

La jeune fille souleva ses paupières et montra à
Jean les plus beaux yeux du monde, bleus, d'un
bleu lumineux, et frangés de cils noirs qui en avi-
vaient l'éclat. Elle le regarda avec reconnaissance.

— Merci, dit-elle.

Mais ses regards s'étant dirigés vers le lit, elle
pâlit.

— Ma pauvre maman, sanglota-t-elle, morte,
morte !... Et sans personne pour la secourir !

— Mais pourquoi n'avoir point réclamé d'aide ? fit
Jean.

— Je n'ai pas eu le temps. Ma mère était souffrante depuis quelques jours, mais rien ne faisait
présager une fin si prochaine... Elle avait tant de
chagrins et de tracas ! Enfin cet après-midi, se
sentant plus mal, elle s'étendit sur le lit. Tout à
coup elle m'appela, mais d'une voix si changée,
qu'épouvantée je me penchai sur elle... Ses traits
s'étaient subitement altérés et malgré ses efforts elle
ne put me parler... Alors je sentis qu'elle allait mourir... Je devenais folle et n'osant la quitter, ne pou-

vant ainsi demander du secours, je me suis mise à crier de toutes mes forces... En un instant la chambre s'est remplie de monde... Je me cramponnais à ma mère; je la sentis frémir toute, et sa figure que j'embrassais se refroidit malgré mes baisers... Et maintenant je veux mourir aussi !

Avec un désespoir farouche elle promenait autour d'elle un regard qui semblait chercher un instrument de mort.

Mme Doucet s'adressa à Jean.

— Ecoutez, monsieur Renaud, cette orpheline me fend le cœur. Vous me connaissez, vous pouvez avoir confiance en moi. Je propose que chacun ici paie de sa personne et de ses ressources pour secourir cette infortunée.

— Bien dit, approuva Jean, je reconnais votre bon cœur. Allons, mon enfant, votre chagrin vous a fait un ami de chaque habitant de la maison. Ici, il n'y a que des braves gens qui compatissent à votre peine.

Puis, prenant Mme Doucet à part.

— Je vous laisse seule avec elle. Mieux que moi vous pourrez obtenir les quelques renseignements qui nous permettront de lui venir en aide,

— C'est cela, monsieur Renaud, je vais m'occuper de la pauvre morte et lui faire une toilette convenable. L'enfant me paraît courageuse, elle voudra rendre à sa mère les derniers devoirs ; cela la distraira de son chagrin, je resterai avec elle et la besogne terminée, je l'interrogerai. Vous pourrez revenir dans deux heures.

Jean sortit, emmenant les quelques voisins qui avaient assisté à la scène. Deux ou trois femmes s'empressèrent aussitôt d'offrir leurs servires à la mère Doucet qui assigna à chacune sa tâche. Il s'agissait de rendre à la morte les soins pieux que la charité inspire à toute femme digne de ce nom.

Lorsque Jean revint, tout était fini. La morte, étendue sur son lit, les yeux fermés, le visage calme, semblait dormir; sa fille, assise à ses pieds, la contemplait avec une douloureuse avidité. Seule maintenant avec elle, Mme Doucet respectant son chagrin s'était placée contre la fenêtre.

L'orpheline ne fit pas un mouvement lorsque Renaud entra. La mère Doucet profita de sa prostration, et, laissant la porte ouverte, emmena Jean sur le palier.

—Eh bien, Madame Doucet?

—Eh bien, Monsieur Renaud, la pauvre enfant reste seule maintenant sur la terre : ni parent, ni ami, ni connaissance. En deux mots voici son histoire. Son père, nommé Prin, était ouvrier mécanicien et habitait là-bas, de l'autre côté de Paris. Il a été tué dans un accident, il y a six ou sept ans. La mère, pour élever son enfant, a repris son ancien métier de raccommodeuse de dentelles. Mais le pauvre ménage n'avait guère de ressources et pas beaucoup de travail. Enfin, un magasin important de notre quartier consentit à donner de l'ouvrage à Mme Prin et à sa fille qui, naturellement, n'avait pu apprendre que le métier de sa mère ; c'est pour cela qu'elles

vinrent s'établir de nos côtés. Elles louèrent cette
chambre qui, vous le savez, est la moins chère de la
maison, mais manque d'air et de lumière. La pauvre
femme vit sa santé décliner rapidement dans un
travail acharné et peu payé. Maintenant la petite est
destinée à la même misère, car entre tous les travaux de femmes c'est le sien qui rapporte le moins.
Heureusement, Marie Prin me paraît être une bonne
fille; nous l'aiderons, n'est-ce pas monsieur Jean ?

— Vous savez, mère Doucet, que ma bourse est à
votre disposition. Puisez et chargez-vous d'acquitter
les dépenses de l'enterrement.

Il sortit et la mère Doucet reprit sa faction dans la
chambre mortuaire jusqu'à ce qu'une voisine com-
plaisante vînt la remplacer. A cette époque de misère
affreuse la même générosité et la même charité qu'on
trouve de nos jours dans les ménages d'ouvriers
adoucissaient déjà les peines des plus malheureux
d'entre eux.

Jean rentra à son atelier; il fallait rattraper les
heures perdues.

Le lendemain l'enterrement eut lieu; et quand
Marie Prin rentra chez elle, dans cette pauvre chambre que sa mère avait quittée pour jamais, elle fut
prise d'une crise de désespoir. La mère Doucet ne
l'abandonna pas et, l'emmenant chez elle, la força à
prendre quelque nourriture. Puis elle la garda et ne
lui permit de retourner dans sa chambre que lorsqu'elle la vit plus calme.

Marie recommença la vie terrible et besogneuse

de la femme obligée de gagner sa vie. Elle était courageuse et ne se plaignait jamais de son sort ; mais dans ses paroles on sentait quelquefois se glisser une amertume profonde. Quand elle allait à la boutique de ses patrons elle voyait des clientes riches et élégantes descendre de leur splendide équipage et, au fond de son cœur, elle se disait qu'elle-même était belle, et peut-être valait mieux que ces femmes ; elle comparait son sort au leur et pensait que la destinée était injuste. Elle aimait tant les joyaux, les riches toilettes, et tout cela passerait comme une tentation devant ses yeux éblouis sans qu'elle ait jamais le droit d'en posséder !...

Bien que son naturel fût bon, Marie était vaniteuse et ce défaut avait encore été, dans son enfance, développé en différentes circonstances. Sa mère était liée jadis avec une femme de chambre de grande maison, et les visites à cette amie comptaient parmi les délicieux souvenirs de la vie de la jeune fille. Elle passait chez elle des journées entières, adulée, choyée, et revenait tristement dans le pauvre intérieur de ses parents. Une fois même Jeanne, cette amie, l'avait menée auprès de sa maîtresse qui avait déclaré l'enfant adorable, s'en était amusée comme d'une jolie poupée, et avait promis formellement de s'occuper d'elle et de la prendre à son service lorsqu'elle serait grande.

— Tâche de devenir adroite et agile, lui disait Jeanne, apprends à bien coudre et suis les leçons de ta mère ; tu plais beaucoup à Madame la Marquise.

Qui sait ? tu seras peut-être autre chose qu'une femme de chambre ?

Marie allait à l'atelier de couture, chez les bonnes sœurs et l'une d'elles, prise d'affection pour une si jolie enfant, lui avait inculqué toutes les connaissances qu'elle possédait ; aussi Marie avait-elle reçu une instruction relative qui la mettait au-dessus des enfants de sa condition.

— Madame la Marquise te prendra comme lectrice, lui disait Jeanne, et tu es si jolie que peut-être un gentilhomme t'aimera !...

Puis Marie s'était vue privée de tous les soutiens qui lui rendaient la vie si douce : son père d'abord ; ensuite, Jeanne mourant quelque temps après ; puis la Marquise quittant Paris, se retirant dans ses terres, et oubliant l'enfant qui avait placé en elle toutes ses espérances.

Maintenant, devenue une pauvre ouvrière, Marie ne pardonnait pas à la destinée de l'avoir frappée de coups si cruels. Sa vanité, développée imprudemment par une demi-instruction et tant de flatteries, se demandait si elle serait condamnée à jamais à une misère aussi complète.

Cependant elle était bonne et son jugement se trouvait seulement faussé par la mauvaise éducation reçue. Elle était profondément reconnaissante envers Jean Renaud et la mère Doucet, elle admirait leur sérénité en même temps que leur amour du travail. Jamais elle ne les entendait se plaindre ni murmurer sur leur sort : ils se déclaraient satisfaits. En assistant à la vie calme et honnête de ces braves gens Marie devenait chaque jour meilleure ; le mauvais sentiment d'envie qui se glissait encore parfois dans son cœur, disparaissait devant l'exemple de la mère Doucet, bonne femme courageuse et honnête, tout occupée de son ménage et de ses enfants et passant les heures de son existence à s'oublier pour le bonheur des siens.

Jean Renaud avait été frappé de la beauté de Marie et maintenant qu'il la voyait chaque jour il admirait son énergie et son ardeur au travail. Ses accès de tristesse, il les croyait dus au chagrin causé par la perte cruelle qu'elle venait d'éprouver ; il souriait quelquefois quand elle lui dépeignait les splendeurs des clientes qu'elle apercevait chez ses patrons, et ne voyait là qu'une admiration un peu enfantine, ne se rendant pas compte que la vanité de Marie pourrait, à l'occasion, détruire chez elle tous les bons sentiments. Sans qu'il s'en doutât l'amour s'était glissé dans son cœur et croissait chaque jour.

Un matin, la mère Doucet vint trouver la jeune fille qui depuis les premières heures du jour s'était mise résolûment au travail.

La brave femme entra un peu embarrassée, car pour la première fois de sa vie elle était chargée d'une aussi délicate mission.

— C'est vous madame Doucet ! lui dit Marie avec un sourire de bienvenue ; vous me trouvez très affairée. J'ai là une dentelle d'une grande valeur, mais si endommagée que j'aurai bien du mal à la remettre en bon état.

— Votre métier est dur ma pauvre petite ; vous abîmez vos jolis yeux pour gagner difficilement votre existence. Que diriez-vous si je vous proposais de vous laisser vivre tranquillement ?

— Mais, madame Doucet, fit Marie en ouvrant de rands yeux, il me faudrait des rentes !

— Et si quelqu'un se chargeait de travailler pour vous, si un brave garçon, ému de votre courage, vous demandait votre main,... consentiriez-vous à l'épouser ?

— C'est un joli rêve que vous faites là, mais on ne e marie pas avec une pauvre fille sans ressources.

— Eh bien si, ma mie ! Je connais quelqu'un qui vous aime et qui désire vous épouser, mais qui n'ose...

— Qui ?

— Jean Renaud, ce brave Jean Renaud. Depuis qu'il vous a vue si vaillante dans le malheur et si acharnée au travail, il s'est dit que vous étiez la femme souhaitée... Et je viens aujourd'hui, de sa part, vous poser une question qu'il n'a pas osé vous faire lui-même : Voulez-vous lui accorder votre main ?

— Moi, dit Marie abasourdie, il veut...

— Oui, ma chère enfant, et vous aurez un mari de qui vous pourrez être fière. Il n'est ni bavard ni prétentieux, mais c'est la bonté même ; et puis il est la tête des gens intelligents du quartier. Avec cela un physique agréable. Enfin, ses vingt-huit ans iront parfaitement avec vos vingt printemps... Voyons, quelle réponse ?

— Ma bonne madame Doucet, je suis flattée... surprise... plus que je ne puis le dire... La demande de M. Renaud ne peut que m'honorer, je n'aurais jamais songé qu'il fît attention à moi.

— Eh bien ?

— Eh bien j'accepte d'être sa femme et je tâcherai de le rendre heureux.

La mère Doucet partie, Marie resta rêveuse. Comme elle l'avait déclaré elle était très flattée d'une pareille demande, mais en songeant à ce qu'aurait dû être sa destinée, elle poussa un soupir.

— Ma bonne Jeanne, pensa-t-elle, toi qui me prédisais un avenir si glorieux, tu n'aurais jamais pensé qu'un mariage avec Jean Renaud, simple menuisier, serait pour moi une chance inespérée. Dans tous les cas, je lui suis profondément reconnaissante et, ensevelissant dans mon cœur tous mes anciens rêves de grandeur, je chercherai à remplir loyalement les devoirs de mon humble condition.

Le mariage eut lieu un mois plus tard. Jean fut parfaitement heureux, sa femme se consacrait entièrement à son bonheur, et de sa vanité il ne semblait lui rester qu'un grain de coquetterie qui la portait à embellir, autant que possible, ses simples toilettes. Elle n'en était que plus gracieuse et plus attrayante, et ressemblait si peu aux autres femmes de sa condition que l'amour de son mari s'augmentait encore d'admiration et d'orgueil. Il continuait sa vie de robuste et de courageux travailleur. Sa boutique, bien achalandée, lui fournissait de quoi entretenir largement son ménage, de sorte que sa femme et lui étaient considérés comme riches et les heureux du quartier où la misère se faisait sentir chaque jour plus âpre.

**
* *

Le comte de Maix, parfaitement satisfait des travaux de Jean, lui en avait confié de plus importants et l'humble boutique recevait de temps en temps la visite de l'omnipotent gentilhomme.

Un matin, il arriva ainsi que de coutume, dans son brillant équipage. Jean, appelé au dehors par son travail pressé, avait confié à sa femme, pour quelques heures, la garde de l'atelier.

Le comte, en entrant, fut surpris et charmé de cette apparition inattendue. La jeune femme coquettement parée dès le matin, éclairait ce qui l'entourait de son élégante et fraîche toilette. Les soins qu'elle prenait d'elle-même, la vie heureuse qu'elle menait depuis quelque temps lui avaient fait retrouver son teint brillant et délicat. Enfin, des anciennes leçons de Jeanne elle avait conservé certaines manières distinguées.

Courtoisement le comte lui parla. Le riche costume et la parfaite distinction du gentilhomme rappelèrent à la jeune femme ses souvenirs d'enfance, elle se sentait à son aise et maîtresse d'elle-même en

face de ce haut personnage. Il resta longtemps sous le prétexte d'attendre le retour de Jean. Quand celui-ci revint, la vanité de Marie reçut un choc; cette conversation lui avait semblé comme un retour aux sphères supérieures qu'elle avait fréquentées et qu'elle regrettait toujours. Son mari, avec ses habits de travail, la faisait choir de son rêve. Les manières simples de Jean contrastaient avec l'élégance de bon ton de son interlocuteur. Ce jour-là la jeune femme ne se trouva plus si heureuse.

De Maix revint souvent. Les prétextes lui étaient faciles : des commandes à faire, un travail commencé à examiner, de vieux meubles à restaurer; enfin il ne se passa point de semaines sans que son équipage s'arrêtât devant la boutique. Marie était presque toujours présente, attirée comme par un aimant : dès qu'elle entendait la voiture arriver, elle accourait.

II

L'irritation devenait de plus en plus grande à Paris à mesure que la misère augmentait et que la mauvaise volonté de la Cour à remédier à ce funeste état de choses était plus évidente.

L'été précédent avait été marqué par un violent orage, et une grêle épouvantable avait entièrement ravagé les récoltes. L'hiver qui suivit fut terrible. Le pain fut hors de prix, et comme le salaire des ouvriers était peu élevé, ils ne purent bientôt plus subvenir à leur subsistance et à celle de leur famille. L'excès des souffrances provoqua de nombreuses révoltes qui, d'ailleurs, n'obtinrent aucun résultat : on en compta jusqu'à trois cents avant la réunion des États-Généraux.

La famine régnait aussi dans les campagnes, et les paysans accouraient à Paris, espérant y gagner leur vie. On constata pendant les derniers jours d'avril qu'une foule énorme d'étrangers avait fait irruption dans la ville, ce qui, en augmentant encore la pauvreté et la famine, fit changer complètement l'aspect de la capitale.

Jean Renaud, dans son humble sphère, se montra le bienfaiteur de son quartier : il payait largement ses ouvriers ; aussi, même pendant les révoltes, eut-il toujours son personnel au complet, ce qui lui permit de satisfaire exactement sa nombreuse clientèle et lui amena en même temps de nouveaux acquéreurs. Puis, il avait établi chez lui, en principe, que tous les malheureux qui frapperaient à sa porte seraient toujours reçus amicalement. Il ne pouvait leur accorder de gros secours, mais Marie qui se prêtait de bonne grâce à ses désirs, car elle était elle-même bienfaisante sous ses dehors un peu fiers, avait installé en permanence une sorte de soupe de charité. Chez elle, les misérables recevaient un accueil bienveillant et faisaient un bon repas. C'était une aubaine inespérée qu'une soupe chaude et réconfortante pour ces misérables qui, souvent, n'avaient point mangé de pain depuis plusieurs jours.

Aussi la maison Renaud était-elle connue et respectée dans le quartier. Chaque matin, devant la
porte, pendant plus d'une heure on voyait un défilé
de loqueteux, infirmes, malheureux de toutes sortes.
Marie leur servait à chacun une portion, puis Jean
les passait en revue. Il prenait tous ceux qui lui semblaient aptes à fournir quelque travail et il leur donnait une tâche.

Il s'était adressé à quelques-uns de ses riches
clients, et, leur faisant un tableau navrant de la misère atroce qui sévissait à Paris, il avait obtenu leur
collaboration. Aux pauvres valides qu'il rencontrait,
il donnait les adresses des maisons qui avaient
promis de leur procurer un gagne-pain. On les employait comme hommes de peine ou commission-
naires; mais cela durait trois ou quatre jours et
ces gens sortaient plus aigris encore des riches
hôtels où ils avaient été à même de contempler de
plus près l'existence dorée et luxueuse des maîtres
et la vie plantureuse et fainéante des domestiques.
Ils revenaient à Jean. Celui-ci, débordé, accablé,
voyait grossir la foule de ceux qui vivaient de son pain.

Le comte arriva un jour à l'heure de la distribution. Son cocher, gras et majestueux, revêtu d'une
livrée élégante et irréprochable, jeta du haut de son
siège un regard dédaigneux et écœuré sur la foule
sordide qui se pressait à la porte de la boutique.
Il arrêta ses chevaux assez loin de cette bande déguenillée pour que son contact impur ne ternît point
leur robe lustrée et leur riche harnachement.

Le comte entra ; on s'écarta sur son passage, car il avait fière et haute mine. Mais ce ne fut point avec respect : des murmures menaçants se firent entendre, car de Maix était détesté pour ses prodigalités qui semblaient insulter la misère populaire.

Insouciant et calme, il paraissait n'y prendre garde. Marie, debout près d'une énorme chaudière, servait gravement à chacun sa portion et tout se faisait en ordre.

La jeune femme accueillit le comte avec un sourire charmant. Il lui baisa galamment la main

— Vous m'excuserez, monsieur le comte, de vous recevoir ainsi, mais la charité passe avant les devoirs de politesse. Aussi je me remets immédiatement à ma tâche. Vous voudrez bien attendre mon mari qui ne tardera guère, car il assiste toujours à la fin de la distribution.

— Je vous en prie, ne vous dérangez pas pour moi ; je vais m'asseoir dans ce petit coin. C'est à moi, au contraire, de m'excuser, car je vous importune. Mais je ne serai pas long...

— Oh ! vous ne m'importunez nullement !

— Chaque jour, vous faites ainsi une distribution ?

— Oui, et nous voudrions donner plus encore. Mais notre situation ne nous le permet pas. Les besoins sont si grands ! Et cependant si chacun faisait encore son devoir, si les riches donnaient un peu de leur superflu, s'ils ne restaient pas sourds à l'appel de la charité !....

Marie se tut, rougissante, car, tout en admirant le

comte, elle ne pouvait méconnaître la mauvaise réputation qu'il avait parmi les malheureux. Elle savait que son hôtel leur était fermé; elle le savait de bonne source, puisqu'elle-même lui avait envoyé des pauvres et qu'ils avaient été impitoyablement et grossièrement chassés. Mais elle pensait que c'était l'œuvre de la domesticité, que le comte ignorait peut-être ces choses et qu'il était bon de l'éclairer. Maintenant, quel serait le résultat des paroles de reproche qu'elle venait de lui faire entendre? Seraient-elles comprises et acceptées, ou repoussées avec hauteur?

La jeune femme, pour cacher son anxiété, précipita ses mouvements, tandis que de Maix la contemplait en silence. Devant elle l'énorme bassine répandait un parfum délicieux; elle saisissait rapidement une écuelle de fer sur une table, où des ustensiles de même genre étaient rangés, puis, avec une grande cuiller, elle remplissait le récipient jusqu'aux bords.

Les yeux agrandis par l'avidité, les pauvres attendaient en bon ordre. Quand le premier de la file avait sa part il l'emportait et s'asseyant par terre en dehors de la boutique, la dévorait gloutonnement.

Lorsque c'était le tour d'une mère allaitant quelque pauvre bébé maigre et décharné, Marie la faisait passer derrière elle et la fillette de maman Doucet lui servait un repas un peu plus copieux. Les enfants étaient aussi l'objet d'une attention particulière de la jeune femme. Elle leur permettait de rester dans la boutique où ils attendaient, graves et silencieux, le supplément qu'elle leur donnait toujours après la distribution.

Le comte comprit que le reproche de Marie s'adressait à lui.

— Croyez bien, Madame, lui dit-il, que les gens riches ne sont pas aussi durs qu'on veut les dépeindre, mais ils ont, chez eux, une valetaille insolente qui commande souvent à leur place et ne permet point à la plainte du pauvre d'arriver jusqu'aux oreilles du maître......

Pour ma part, je n'aurais jamais l'idée de renvoyer un malheureux sans lui faire une aumône et combien cependant me maudissent pour avoir frappé inutilement à ma porte!...Vous souriez!... J'ai donc deviné votre pensée... On vous a parlé de ma dureté!... On vous a dit que j'étais resté sourd à quelque demande de secours!... Quel est celui qui a osé?...

— Oh! ne vous emportez pas. Ce ne sont point des rapports ou des racontars qui m'ont fait douter de votre bonté, j'ai constaté par moi-même que le pauvre n'obtenait pas chez vous un accueil bienveillant.

— Vous m'en avez envoyé?

— Deux ou trois fois. Lorsque Jean installa sa soupe de charité, j'eus l'idée de vous faire collaborer à sa bonne œuvre, je vous adressai quelques malheureux; ils ont été honteusement chassés et insultés. Tenez, voici justement un jeune garçon que se présenta chez vous espérant que vous lui trouveriez une occupation.

Le comte examinait le gamin. Celui-ci restait immobile et épouvanté d'attirer les regards d'un gentilhomme si élégant, si riche et si puissant.

— Comment t'appelles-tu, mon garçon? lui demanda le comte avec bienveillance.

— Marieu, monsieur le comte.

— Conte-moi ton histoire. Où sont tes parents? Que font-ils?

— Ils sont morts. Le père d'abord. Il était malade depuis un an, mais il continuait de travailler quand même. L'hiver dernier, on l'a ramené crachant le sang, toussant à faire peur. Il avait froid, bien froid. Comment faire du feu? On n'avait pas d'argent, pas un sou. Alors on l'a couché sur la paillasse; puis je me suis serré d'un côté contre lui et la mère en faisait autant de l'autre. Les trois petits frères tâchaient de lui réchauffer les pieds..... Nous n'avions pas bien chaud nous-mêmes, aussi son sang se glaçait et, petit à petit, il étouffait. Enfin il est mort.

— Et ta mère?

— Elle a continué son métier de brodeuse, mais elle n'avait pas beaucoup d'ouvrage parce qu'elle n'était guère habile; chez nous, il faisait trop froid et pas bien clair... alors elle était longue à la besogne. Moi, je cherchai du travail. J'étais trop mal habillé, on ne voulait de moi nulle part. Et puis les petits frères qui ne mangeaient pas leur content sont morts comme le père. Voilà: un jour, la mère en traversant la rue, ne s'est pas assez dépêchée et une voiture arrivait au grand galop. Les chevaux l'ont jetée par terre et l'équipage a passé sur son corps. Dans la

voiture il y avait une belle dame qui a poussé des
cris terribles ; le cocher, arrêtant sa course, est des-
cendu ; la dame l'a grondé : elle lui a dit : « Vous ne
faites jamais attention, Pierre, on croirait que vous
vous amusez à me causer des émotions désagréa-
bles... Voyez si la femme est morte. Moi, je ne veux
pas regarder, cela m'épouvanterait trop ».

Le domestique a obéi. La mère s'était relevée, mais
son sang coulait, coulait. Alors il est revenu vers la
dame et le lui a dit. Elle l'a encore grondé, l'a traité
de maladroit et lui a donné une pièce d'or qu'il est
venu porter à la mère, puis la voiture est repartie.

Maman est rentrée chez nous comme elle a pu. Elle
m'a raconté l'affaire, m'a montré la pièce puis elle
s'est évanouie ; j'ai couru chercher un médecin, mais
il n'a pas voulu venir, et quand je suis rentré elle
était morte.

— Et tu es venu chez moi l'autre soir ?

— Oui, je m'étais adressé à M. Renaud pour avoir
de l'ouvrage. Quand je lui ai fait ma demande, Mme
Renaud lui a tout de suite parlé de vous, et elle m'a
envoyé à votre hôtel ; mais le portier a lâché les
chiens sur moi et je me suis sauvé.

— C'est trop fort, le portier sera renvoyé.

— Oh ! je vous en prie, intervint Marie, ne faites
pas un malheureux de plus ! Grondez-le sévèrement,
menacez-le de le chasser à la prochaine incartade de
ce genre et il ne recommencera plus.

— Il en sera comme vous le désirez. Mais je suis
confus et désolé d'avoir si mal répondu à votre appel

charitable. Laissez-moi pourtant vous remercier d'avoir bien voulu songer à moi. Croyez que tous les malheureux qui me viendront de votre part seront particulièrement bien traités. En attendant, je veux commencer ma collaboration. Je vais vous remettre une somme d'argent dont vous êtes plus à même que moi de disposer équitablement en faveur de ces pauvres gens.

— Oh! monsieur le comte, comment vous remercier?

— En acceptant, et en faisant devant moi, avec votre charme exquis, le partage immédiat de ma bourse.

En disant ces mots il lui présenta une poignée de pièces d'or.

La distribution de soupe finie, une seconde distribution commença, à laquelle tous ces misérables n'étaient plus habitués depuis longtemps. Marie leur donna sagement une part proportionnelle à leurs besoins.

Pendant qu'elle était ainsi occupée, Jean rentra.

— J'ai craint d'arriver trop tard, dit-il; ma course m'a retenu plus longtemps que je ne croyais et je pensais ne plus trouver personne en revenant. Tu as bien fait de garder tes pauvres, ma chère Marie, car j'ai recueilli dans mes démarches quelques secours que je vais leur répartir immédiatement.

— C'est inutile pour aujourd'hui. Ils ont reçu largement, car nous avons eu la visite d'un généreux donateur qui les a comblés. M. le comte de Maix est

arrivé en ton absence et s'est montré d'une bonté
très grande à leur égard.

Jean n'avait pas aperçu le comte qui s'était un peu
reculé. Il s'avança vers lui et le salua poliment, sans
obséquiosité.

— Pardonnez-moi, monsieur le comte de ne point
vous avoir présenté plus tôt mes devoirs... Je vous
remercie de tout mon cœur pour le bien que vous
avez fait à ces malheureux et...

— Mon cher ami, je ne demande qu'à continuer.
Envoyez-moi ceux que vous voudrez : ils seront
toujours bien reçus ; ou plutôt non... Faisons mieux.
C'est chaque jour qu'ils trouvent ici un bon repas.
Eh bien ! partagez avec moi ; dorénavant vos pauvres
viendront à mon hôtel quatre fois par semaine, et ils
seront traités comme chez vous. Ce qui ne vous em-
pêchera pas de m'adresser ceux qui pourront travailler, je me charge de leur procurer de l'occupation.

— Monsieur le comte, je ne sais comment vous
témoigner ma gratitude.

— D'ailleurs, en suivant votre exemple, je ne fais
que mon devoir.

— Oh ! moi, je suis un homme du peuple. Ces
êtres-là sont mes frères et leur misère me touche
de plus près que vous, car je suis à même de l'apprécier à chaque instant. Je n'ai donc aucun mérite à
les secourir le premier ; mais votre aide me sera précieux, car j'avais entrepris une lourde tâche et je
craignais de ne pouvoir la mener à bien.

— Alors c'est entendu, ma maison est ouverte à

vos protégés. Vous avez compris, mes amis, ajouta le comte en élevant la voix ? Les lundi, mercredi, vendredi et dimanche vous trouverez chez moi table mise… Dites-le à ceux qui sont dans la peine.

Tous les misérables, massés à l'entrée de la boutique, regardaient, bouche bée, et ne reconnaissaient plus dans ce seigneur bienveillant celui qu'ils avaient toujours vu si hautain et si dur,

Marie s'avança vers eux :

— Eh bien, vous ne remerciez point ?

Un murmure confus de louanges et de gratitude partit du groupe déguenillé, puis Renaud leur donna congé et ils disparurent.

Le comte resta longtemps encore causant amicalement avec Marie et Jean. La boutique avait retrouvé son calme habituel. Seule, une des femmes était restée et, armée d'un énorme torchon, debout à côté d'un grand bassin rempli d'eau bouillante, nettoyait et essuyait les écuelles.

— Je la garde après les autres, expliqua Marie ; elle range et remet de l'ordre dans la cuisine ; cela me permet de lui donner un petit salaire supplémentaire dont elle a grand besoin car tous ces enfants sont à elle ; et elle soutient en outre son père et sa mère infirmes.

La jeune femme montrait cinq ou six marmots. Les plus âgés aidaient leur mère, les plus jeunes, assis côte à côte suçaient gravement leur pouce.

Quand la femme eut fini, Marie la paya.

— Comme votre dernière fille tousse, madame Riquier ! observa-t-elle.

— Hélas oui Madame, et la pauvre a toujours froid, maintenant même que nous arrivons aux beaux jours, elle grelotte constamment. Je l'aurais bien laissée à la maison, mais elle ne veut pas me quitter.

Marie prit le bébé dans ses bras. La fillette, toute maigre et chétive qu'elle était, avait une charmante figure et de beaux grands yeux d'enfant malade. Ses pauvres vêtements certes étaient usés jusqu'à la corde, mais ils dénotaient une rigoureuse propreté. Elle se blottit dans les bras qui la soutenaient si doucement et s'enveloppant dans une écharpe que portait la jeune femme, elle ferma les yeux avec bonheur.

— C'est doux, c'est chaud, bégaya-t-elle.

— Pauvre petite, dit Marie attendrie, tiens, je te la donne, cette écharpe... peut-être réchauffera-t-elle tes petits membres.

La mère ne savait comment remercier ; la fillette se laissa envelopper avec délices dans l'étoffe moëlleuse et la petite famille s'en alla, bénissant ses généreux protecteurs. Le comte prenant brusquement congé regagna sa voiture. Rapidement il donna un ordre à son cocher qui enleva les chevaux au grand trot.

Le lendemain était un vendredi. Marie, assise tranquillement dans la boutique, examinait ses comptes, lorsque, à son grand étonnement, la porte s'ouvrit pour laisser entrer toute la famille Riquier.

— Ma brave femme, vous avez donc oublié qu'on vous attend chez monsieur de Maix aujourd'hui? demanda-t-elle.

— Oh non, Madame, et je m'y rends de ce pas. Mais auparavant je tenais à vous parler car il m'est arrivé en vous quittant hier une drôle d'aventure. Je m'en allais et, naturellement, je marchais très lentement à cause des enfants : la petite n'avait pas voulu que je la porte, tant elle était fière de son beau châle. Tout à coup, je m'entends appeler. Je me retourne, une voiture arrivait au grand trot sur la chaussée et c'était le cocher qui m'interpellait ; je restais là, interloquée. La voiture s'arrêta. Monsieur le comte de Maix en descendit, et vous ne devineriez jamais ce qu'il me proposa.

— Non, dites, voyons, vite !

— Vous avez là, m'expliqua-t-il, une écharpe que je paierai le prix que vous me demanderez... Et il me désignait celle que vous veniez de donner à l'enfant. Je ne savais que répondre ; il s'impatienta... « Eh bien? quelle somme désirez-vous? » — Mais, monsieur le comte, c'est un cadeau de Mme Renaud qui l'a donné à la petite et je n'ose... Vous comprenez, ma bonne chère dame, j'avais peur de le mettre en colère en lui refusant quelque chose à lui un homme si puissant, surtout qu'on parle tant de sa dureté et de sa méchanceté...

— Comment, interrompit Marie outrée, c'est vous, mère Riquier, qui répétez les calomnies qu'on répand sur le comte, vous qui allez manger son pain tout à l'heure !

La femme jeta autour d'elle un regard effaré. Ses enfants épouvantés de la colère de Mme Renaud, se cramponnèrent en pleurant à son tablier.

— Ah ! Madame, la vie est bien terrible pour le pauvre monde; voilà maintenant que je vous fâche, vous que j'aime tant, et à qui je dois le pain toute ma famille: ce n'était cependant pas là mon intention. Je voulais seulement vous expliquer ma conduite. Que pouvais-je dire à monsieur le comte? Je détachai l'écharpe du cou de la petite, et je la lui remis. Ma pauvre fille sanglotait à l'idée de perdre votre joli cadeau, mais elle n'osait pas protester. Monsieur le comte se radoucit aussitôt : — « Tenez, me dit-il, vous allez acheter tout de suite un vêtement à votre enfant et vous garderez le surplus. » Il me donna trois pièces d'or et regagna son équipage, sans écouter mes remerciements. Il tenait précieusement l'écharpe, il la déposa avec soin sur les coussins, devant lui, et la voiture repartit... Moi je restais là, abasourdie. Je me demandais si j'avais bien fait, et si vous n'alliez pas me gronder; je me promis, immédiatement, de vous raconter ce qui s'était passé. N'est-ce pas que vous ne me grondez point ?

Le joli visage de Marie qui s'était éclairé, à mesure que le récit de la brave femme se déroulait, s'embellit d'un aimable sourire.

— Non, madame Riquier, vous avez très bien agi, vous ne pouviez refuser quelque chose à celui qui venait de se montrer si généreux envers vous. Mais le comte ne vous a point expliqué sa conduite ?

En disant ces mots, la jeune femme rougit légèrement, car elle se demandait ce que devait penser la mère Riquier d'un si bizarre événement.

— Oh, Madame, je n'aurai pas osé l'interroger, et il ne m'a pas donné d'explication. Il me semble pourtant qu'en me faisant sa proposition, il loua fort l'élégance et la couleur du tissu et déclara que depuis longtemps il était à la recherche de semblable étoffe. Mais tout cela est confus dans ma pauvre cervelle. Je sais seulement qu'en reprenant l'écharpe il l'a baisée avec amour plusieurs fois et qu'il lui a parlé comme il l'aurait fait à une personne aimée.

Tout en causant la mère Riquier suivait sur la physionomie de Marie les émotions qui agitaient celle-ci. Elle eut bien garde d'ajouter que c'était d'après les ordres du comte lui-même qu'elle venait ainsi raconter l'aventure.

Marie avait détourné la tête pour cacher son trouble, mais elle se sentait le cœur inondé d'une joie délicieuse sans oser en approfondir la raison.

La rusée commère reprit :

— Si monsieur le comte connaissait ma démarche, il entrerait dans une grande fureur. Car j'oubliais de vous dire qu'en me quittant il ajouta :

— Je vous défends absolument de troubler le repos de Mme Renaud par des racontars, vous inventerez une histoire si elle s'étonne de ne point voir votre fille porter son écharpe... Je ne veux point que cette

adorable femme soit au courant d'un acte qui l'offen-
serait peut-être... »

Et puis... je me souviens encore, il a murmuré :
« Oh celle qu'on aime, qu'on adore... la savoir à un
autre, je... » Il n'a pas achevé.

— C'est bien, mère Riquier, restons-en là, l'aventure est terminée. Je vous remercie de ne pas m'avoir
menti. Vous avez mal compris les paroles du comte,
car je ne puis m'expliquer le rapport qui existe entre
la femme qu'il aime et mon écharpe, à moins toutefois qu'il veuille lui en faire don. Je me souviens en
effet qu'à une de ses visites il l'a fort admirée ; je lui
avais même proposé de lui en procurer une semblable ; je n'y ai plus songé et en grand seigneur capri-
cieux qu'il est, il a voulu immédiatement contenter
sa fantaisie...

Elle ne put pas achever, car sa voix tremblante et
son air agité démentaient la version qu'elle établissait
ainsi. Pour cacher son trouble elle se rapprocha d'un
air enjoué de la fillette.

— C'est toi, pauvre petite, qui es lésée dans tout
ceci. Il faut donc que je te donne une autre écharpe.

— Oh ! merci, Madame.

Marie, légère et heureuse entra dans sa chambre
pour y prendre l'objet promis. Elle revint avec un
paquet de vêtements.

— Tenez, mère Riquier, il ne sera pas dit que vous
partez d'ici les mains vides. Maintenant, allez, pres-
sez-vous pour arriver à temps chez le comte.

La bonne femme se confondit en remerciements.

Elle sortit emmenant sa bande d'enfants, et tout en cheminant elle monologuait entre ses dents.

— Si c'est possible! cette mijaurée, encore une aristocrate; la voilà en joie parce qu'elle croit que ce comte l'aime. Ah! oui, il lui en fera voir de belles! Mais ça m'est égal, je la déteste. Elle est du peuple et elle fait sa grande dame et vous traite avec dédain. Je suis ennuyée de jouer un tour pareil à son mari parce qu'il vaut mieux qu'elle, pas beaucoup mieux puisqu'il l'a épousée pour ses belles paroles et ses jolies toilettes. Et puis, lui aussi, il est l'ami des aristocrates, il fait le bon avec le peuple, mais ça lui rapporte.

Si Jean et Marie avaient pu lire dans l'âme de la plupart des misérables qu'ils hébergeaient et nourrissaient, chaque jour, ils auraient été épouvantés car leur charité excitait plus de haine et de jalousie que de reconnaissance. La mère Riquier était de ceux qui cherchent le motif de tout acte de bonté. Comme beaucoup de malheureux, à force de souffrances, elle en était arrivée à nier tous les bons sentiments; elle les croyait toujours intéressés.

Aussi, dès qu'elle fut chez le comte, elle demanda qu'on le prévint de son arrivée. Il s'empressa d'accourir.

— Eh bien?

— Eh bien, monsieur le comte, Mme Renaud a paru ravie d'apprendre le désir que vous aviez de posséder un objet lui ayant appartenu; elle m'a félicitée sur ma façon d'agir, elle s'est fâchée contre moi, lorsque j'ai essayé, comme vous me l'aviez ordonné, de parler de votre méchanceté et de votre avarice. Toujours pour exécuter vos ordres, j'ai raconté en quelques mots l'aventure, je n'ai donné qu'à la suite les détails qui auraient pu d'abord l'effaroucher. Elle a tout accepté, même les paroles d'amour dont elle a très bien compris la signification, car elle a rougi et détourné la tête ; elle paraissait heureuse au delà du possible et semblait de plus en plus avide d'acquérir de nouvelles preuves de votre passion, tout en craignant en même temps de se trahir devant moi.

— C'est très bien, fit de Maix en se frottant les mains. Tenez, ma bonne femme, voici le paiement convenu pour votre petite infamie. Et maintenant, continuez à me tenir au courant de ce qui se passera chez Renaud. Parlez souvent de moi à sa femme, et dans la conversation tâchez de lui faire entendre quelle folle passion elle m'a inspirée. Ah ! encore un mot. Si jamais j'apprends que vous avez commis quelque indiscrétion qui porte préjudice soit à Mme Renaud, soit à mes projets, vous sentirez le poids de ma vengeance.

— Oh, monsieur le comte, moi qui vous ai obéi si fidèlement, si exactement !

— Oui, comme vous obéissiez à Mme Renaud, jusqu'au moment où vous avez trouvé une bonne occasion pour la trahir. Enfin, souvenez-vous que rien ne pourra vous soustraire à ma colère... Au contraire, si vous me servez convenablement, je vous promets de vous tirer à jamais de la misère et d'établir chacun de vos enfants. Vous me connaissez assez, vous avez assez entendu parler de moi pour savoir que jamais je ne manque à ma parole. Ainsi, vous avez le choix : ou un châtiment qui sera terrible, ou une vie large, heureuse et facile... Allez maintenant.

La mère Riquier salua humblement et se rendit à la salle des pauvres.

— Va, va, grommelait-elle, menace mon bonhomme. Tu ne seras pas toujours le plus fort. C'est la tour de la petite, ton amour me vengera suffisamment d'elle, mais ton tour viendra aussi et plus tôt que tu ne le penses.

A quelque temps de là, le comte plus familier dans la maison de Jean, depuis qu'il s'était associé à ses bonnes œuvres, apporta à Marie un magnifique bijou.

— Mon cher Renaud, dit-il, je ne saurais vous témoigner plus convenablement ma satisfaction qu'en offrant ceci à votre femme.

Jean n'aimait pas les cadeaux ; mais comment refuser ceux d'un homme aussi aimable, surtout quand on a une femme jeune et jolie qui laisse éclater une joie semblable à celle qui brilla dans les yeux de Marie ?

Dans les premières semaines de mai le comte revint avec un splendide bracelet. Marie seule le reçut... C'était une occasion inespérée.

La jeune femme se défendait de rien accepter sans l'autorisation de son mari, et de Maix insistait.

— Voyons, disait-il, comment Renaud pourrait-il

trouver cela mauvais? Ne vous a-t-il pas permis de garder le bijou que je vous ai apporté il y a deux mois? Vous ne voudriez pas me faire de la peine en refusant cette bagatelle?

— Cette bagatelle, Monsieur, ne s'accorde guère avec ma condition.

— Pardon. Les jolies femmes n'ont point de condition. Charmante comme vous êtes, vous ne seriez point déplacée sur les marches d'un trône et je connais nombre de nos grandes dames qui vous envieraient votre distinction naturelle... Voyons, essayez-le au moins, ce bracelet; vous ne serez pas obligée de le garder, si vous redoutez la colère de votre mari.

Il prit la main mignonne, qui se laissa saisir en résistant mollement, et attacha le bijou avec précaution. Il semblait comme à plaisir multiplier l'effort pour jouir plus longtemps du contact de cet épiderme frais et délicat.

Marie rougissante, retira sa main, mais contempla le bracelet avec admiration.

— Eh bien, reprit le tentateur, l'acceptez-vous? Pauvre petite femme, votre mari est ridicule et terrible car vous tremblez et cependant vous ne commettrez rien de répréhensible.

— Je ne tremble pas.

— Alors vous consentez à le garder. Je me charge d'arranger les choses.

— Je n'ose refuser une offre aussi gracieuse, mais...

— Ne dites pas mais! Vous avez accepté. Ah, aujourd'hui plus que jamais encore, je regrette de ne pas vous avoir co nue plus tôt... Avant votre mariage.

— Mais, Monsieur, je suis très heureuse !

— Je n'en doute pas, fit-il avec un sourire qui décontenança Marie. Renaud surtout est heureux, mais il n'était pas l'homme qui vous convenait.

— Monsieur, je dois à Jean tout ce que je possède, il m'a fait une vie large et facile alors que je n'étais qu'une pauvre ouvrière. Je ne souffrirais point qu'on dit du mal de lui devant moi.

— Je n'en ai pas l'intention. Mais, je vous le répète, bien des choses n'auraient pas eu lieu si je vous avais connue quelques mois plus tôt. Vous ne comprenez pas que votre beauté et votre esprit pouvaient exciter l'amour d'un gentilhomme ? Croyez-vous, enfin, que mes visites continuelles ici, sont pour Renaud et son atelier ? Ignorez-vous que depuis notre première rencontre vous m'avez charmé et que, depuis ce jour, mon amour pour vous est devenu de plus en plus ardent ?...

— Assez, Monsieur, dit Marie tremblante, je suis une honnête femme, je n'en entendrai pas plus long.

Dans son émotion, oubliant le bracelet, elle se leva, forçant ainsi le comte d'en faire autant ; et comme elle restait debout, silencieuse, il jugea qu'il s'était assez expliqué ce jour-là, et constatant avec joie qu'elle ne lui rendait pas le bijou, changea brusquement de ton, la chargea d'une commission insignifiante pour son mari, la salua respectueusement, et sortit.

Seule maintenant, Marie éclata en sanglots. Elle se sentait profondément malheureuse ; non pas blessée de la déclaration du comte, mais de la conduite à tenir par la suite.

— Je dois raconter immédiatement à mon mari ce qui vient de se passer, pensait-t-elle. Ce monsieur de Maix est un insolent... Ah ! son bracelet que je ne lui ai pas rendu ! Je le donnerai à Jean qui le lui restituera lui-même. Oui mais, qu'arrivera-t-il ?... une querelle, et un ouvrier aura-t-il raison contre un gentilhomme ? Que dois-je faire, mon Dieu ?

Elle s'abîma dans ses pensées et resta de plus en plus perplexe. Tout au fond d'elle-même une sourde irritation commença à germer contre son mari.

Renaud rentra, Marie se tut. Elle se contenta de le mettre au courant de la visite du comte et de la commission dont elle avait été chargée. Mais ce soir-là elle ne se sentit pas la conscience tranquille.

— Bah ! se dit-elle, pourquoi tracasser Jean, lui faire perdre un bon client et en même temps lui créer un ennemi puissant et dangereux. A l'avenir, j'éviterai le comte et n'irai jamais à la boutique quand il s'y trouvera..

Mais dans son esprit naissait déjà l'arrière-pensée qu'elle pourrait être forcée de s'y rendre. Elle ne voulut pas s'y arrêter.

Quelques jours s'écoulèrent. La vie lui sembla de nouveau triste et étroite ; elle avait caché le bracelet n'osant en avouer la provenance à Jean.

Aussi lorsque le comte revint, saisie à l'idée subite qu'il pourrait commettre l'imprudence de causer à Jean de ce nouveau bijou, oubliant toutes ses résolutions, elle se hâta de se rendre à la boutique.

— Monsieur, dit-elle, je n'ai pas voulu répéter à mon mari votre dernière conversation, car je désire moi-même l'oublier...

— Oh oui, je vous en supplie, oubliez-là ! car c'est malgré moi que je vous ai offensée. Ne me chassez point de votre présence. Laissez-moi être pour vous un ami respectueux et fidèle et je vous promets de plus jamais vous irriter et de vous cacher soigneusement mon amour, puisque, hélas, il ne peut que vous blesser. Mais ne me condamnez pas à l'exil...

— Soit, dit Marie émue, mais à une condition, c'est que vous ne pécherez plus jamais. Je n'ai pas montré votre bracelet à mon mari, et je viens vous le rendre.

— Vous n'aurez pas cette cruauté. Vous venez de me pardonner et vous me traitez ensuite en ennemi.

— Mais Monsieur, je ne puis expliquer à Jean la provenance de ce bijou.

— Eh bien, rendez-le moi, j'y consens, mais permettez-moi de vous le donner tout à l'heure en présence de votre mari et avec son approbation. Faites-moi cette grâce...

Il saisit l'écrin. Marie resta muette. Il prit son silence pour un consentement et comme Jean arrivait il s'empressa d'offrir à la jeune femme très gênée le bracelet qu'elle venait de lui remettre.

Renaud, connaissant l'amour que sa femme avait pour toutes sortes de parures, ne voulut point encore protester, il se contenta de remercier très froidement espérant ainsi montrer que la façon dont le comte témoignait sa satisfaction lui était tout au moins déplaisante.

- Quant à Marie, les yeux baissés, la main tremblante elle se laissa attacher le bracelet sans faire le moindre geste de remerciement.

— Elle a accepté, se dit le gentilhomme, elle a fait à son mari un mystère de ma déclaration, elle est à moi. J'ai eu raison de persévérer, ce sera la maîtresse la plus adorable du monde et elle m'appartiendra à moi seul... non pas comme les femmes de notre noblesse qui sont à tous avant d'être à leur amant. Sa fraîcheur me reposera délicieusement des amours frelatées de la cour.

Marie, sans se l'avouer, s'enorgueillissait de s'être attaché un homme dont les bonnes fortunes connues de tous avaient fait un héros, une sorte de don Juan. Elle savait maintenant ce qu'elle soupçonnait depuis si longtemps, que sa présence seule attirait le comte.

Il reprit ses visites. Jean dont le magasin prospérait se trouvait surchargé de besogne. Souvent il s'absentait des journées entières, appelé par quelques travaux importants dans de grandes maisons; il avait même été demandé à la cour et on lui avait confié des ouvrages considérables. Le comte, qui semblait renseigné sur ses absences, apparaissait dès son départ et passait de longues heures auprès de Marie. Celle-ci, entrée dans la voie du mensonge, cachait à son mari les visites qu'elle recevait quand elle était seule. Cela lui était d'autant plus facile que l'atelier se trouvait séparé du magasin par une petite cour. Les ouvriers, sachant la jeune femme à la boutique, ne s'inquiétaient jamais des clients que leur patronne pouvait recevoir.

Les visites du comte lui causaient un grand plaisir; il l'entretenait de ce qu'il savait la charmer par-dessus tout : les nouvelles de la cour et même un peu les scandales étaient le fond de leur conversation. Il n'était pas de jour qu'il ne lui racontât les amours plus ou moins voilées de quelque grande dame et cela était présenté sous des dehors si séduisants que Marie s'enthousiasmait pour la coupable et ne se sentait nul mépris pour ses fautes.

La jeune femme se détachait chaque jour de Jean et chaque jour elle sentait s'accroître son amour pour le comte. Elle voulait lutter, ne plus recevoir de Maix et les absences de son mari la laissaient en proie à des tentations auxquelles elle ne pourrait bientôt plus résister.

III

— Mon cher ami, je viens vous demander un service, dit un matin le comte, en entrant chez Renaud.

— Je suis, Monsieur, entièrement à votre disposition.

— Il s'agirait de venir chez moi procéder à une réparation urgente dans une des boiseries qui garnissent mon cabinet de travail : il faut vous dire que cette pièce donne sur la serre et la paroi qui l'en sépare est formée d'un fin treillage en bois sculpté. Hier un domestique maladroit a poussé brusquement un meuble et a détruit un des principaux motifs de la guirlande. Je voudrais vous faire juge du travail à refaire et vous prier de me l'exécuter immédiatement. Je ne puis souffrir la vue d'un objet disparate dans la pièce que j'habite de préférence.

— Très bien, Monsieur, j'irai demain matin.

— Non, aujourd'hui, à l'instant, je vous enlève si vous êtes libre.

— Soit.

— Et ce n'est pas tout. Je m'adresse maintenant à Mme Renaud. Ma soupe populaire est installée, j'ai des convives en quantité et j'ai chargé la mère Riquier du service des distributions. Mais l'habitude lui manque ; aussi l'indiscipline règne-t-elle dans son petit bataillon. Elle n'a pas su jusqu'ici y établir l'ordre et la tranquillité, et j'ai peur que bien des intérêts ne soient lésés. C'est, je crois, le manque d'organisation première qui est la cause de tout cela. Il faudrait que la mère Riquier soit secondée au moins une fois. Chez vous, elle a un rôle tout passif et chez moi son rôle actif l'épouvante ; elle n'ose pas. Elle aurait besoin de quelqu'un pour l'encourager et la mettre dans la bonne voie. Voudriez-vous, Madame, accepter cette tâche et serait-ce trop abuser de votre

bonté en vous priant d'accompagner votre mari chez
moi ? Vous jugeriez vous-même et trouveriez mieux
que moi le remède à appliquer, en fournissant à la
mère Riquier à la fois l'exemple et la théorie. Une
fois lancée, la bonne femme sera une élève docile,
et d'ailleurs de temps en temps elle aura la ressource
de venir solliciter vos conseils.

— Aller chez lui, pensa Marie, mieux connaître sa
vie, être, par les objets, les meubles que j'y verrai,
mise au courant de tant de détails de son existence,
et cela sans être coupable, puisque j'irai avec l'autorisation de Jean, sans rien avoir à craindre, puisque
j'accompagnerai mon mari ! Hélas où en suis-je
venue ! A de pareilles compromissions avec ma conscience ! Non, je ne dois pas accepter...

De Maix qui la contemplait, lisait sur sa physionomie la lutte qui se livrait dans son âme. Aussi redoutant un refus :

— Eh bien, mon cher Renaud, demanda-t-il précipitamment, que pensez-vous de mon idée ?

— Monsieur le comte, nous sommes prêts à vous
suivre. Marie ne saurait refuser son concours à une
œuvre charitable. Le temps de nous préparer, de
donner à mon premier ouvrier la garde de la boutique, ainsi que mes dernières instructions, et nous
sommes à vous.

— Vous savez que la besogne sera considérable et
qu'il ne faut point songer à rentrer de si tôt. Je
compte vous garder à déjeuner car je veux que tout
soit achevé ce soir. Mme Renaud me fera l'honneur

d'accepter cette invitation un peu à la diable. Elle aura besoin de se reposer après les tracas que vont lui donner ses pauvres, et je ne souffrirais point qu'elle revint ici seule pendant que je vous garderais égoïstement auprès de moi.

— Soit encore, acquiesça Renaud.

La jeune femme entra dans sa chambre le cœur agité de sentiments divers. A une sourde irritation contre la trop grande confiance de son mari, se mêlait une joie ardente de l'avoir vu accepter l'offre du comte.

— Si Jean lisait dans mon cœur, se dit-elle, du haut de quelles illusions ne tomberait-il pas? Lui qui n'oserait me soupçonner, qui jamais n'a exercé le moindre contrôle sur ma conduite, comme il me mépriserait! Je veux mériter cette confiance illimitée. Je m'efforcerai de dominer ces pensées honteuses. Je veux aimer mon mari! Je le veux!

La malheureuse luttait et se répétait avec rage : Je le veux! Mais tout en elle se révoltait à l'idée de prendre une décision énergique.

Elle vint rejoindre les deux hommes qui l'attendaient.

Devant la porte, la voiture du comte stationnait. Il offrit respectueusement la main à Marie, l'aida à monter, l'installa sur les coussins, et indiqua amicalement une place à Jean.

Les chevaux partirent au trot. La course dura peu et tous les trois se laissant bercer par les ressorts mœlleux, n'échangèrent que de brèves paroles et se confinèrent dans leurs réflexions.

La grande porte de l'hôtel était ouverte, la voiture contourna une magnifique pelouse et vint s'arrêter devant un large perron.

Le comte fit pénétrer ses deux visiteurs dans un splendide vestibule dallé de marbre blanc.

— Vous permettez, mon cher Renaud, que je conduise d'abord Madame.

Il ouvrit la porte d'un long corridor d'où s'échappa un vague brouhaha.

— Nos sauvages se font entendre jusqu'ici, expliqua-t-il en souriant ; et la mère Riquier, déjà aux prises avec ses terribles convives, ne se doute pas du renfort précieux que je lui amène.

Ils pénétrèrent bientôt dans une immense pièce où une foule d'hommes, de femmes et d'enfants s'agitait autour d'une grande table.

La mère Riquier, debout, près de cette table, cherchait à mettre un peu d'ordre, mais sa voix ne dominait pas le tapage.

Dès que les nouveaux arrivants furent aperçus, le tapage cessa comme par enchantement.

— Eh bien, eh bien, fit le comte en riant, toujours du désordre ! Je ne peux pourtant pas rester là à faire le croquemitaine !... Mère Riquier, nous n'avons pas bien organisé le service. Nous sommes de piètres capitaines. Voilà Mme Renaud qui va arranger un peu cela et qui vous donnera les indications nécessaires pour l'avenir. Madame je vous laisse, secourez-nous, et rétablissez la paix bienfaisante. Vous avez toute latitude pour mettre les choses en état et tel vous établirez le service, tel il demeurera. La mère Riquier va vous seconder et étudier de près votre manière de faire.

Il s'inclina profondément devant Marie. Et, s'adressant à Renaud :

— Maintenant, mon cher ami, allons vaquer à nos occupations.

Marie restée seule, réfléchit quelques secondes.

— Avez-vous, dit-elle, ma bonne dame Riquier, quelque domestique ici qui puisse vous prêter main-forte ?

— Oui, Madame ; monsieur le comte a ordonné à son valet de chambre de rester auprès de moi. Mais à nous deux, nous sommes impuissants à mettre de l'ordre et cependant Pierre — c'est le nom de ce garçon — est rempli de bonne volonté et surtout pas fier comme les domestiques du grand monde le sont généralement.

Elle appela du geste un homme qui causait avec deux ou trois malheureux. Il s'avança et salua respectueusement.

— Alors, dit Marie, voilà comment nous allons faire. Tant que tous ces gens-là entreront ensemble, vous ne pourrez vous en faire écouter. Cette pièce donne sur la cour sans doute ?

— Oui, Madame.

— Les malheureux pénètrent donc directement ici. Il serait cruel de les faire stationner au froid et pourtant...

— Je comprends, Madame, dit le domestique, il vous faudrait une sorte de vestibule précédant la salle de distribution.

— Ce serait plus commode.

— Ma foi, je n'y avais pas songé, déclara la mère Riquier. Je les faisais entrer là. Les premiers jours, monsieur le comte assistant aux séances, tout se passait dans le calme. Mais depuis qu'il ne fait que de rares apparitions, tout a changé, et je ne savais comment remédier à cet état de choses. Je n'osais me plaindre à monsieur le comte, de peur qu'il ne cessât ses charités en se voyant si mal remercié, et M. Pierre était comme moi. Il hésitait à se plaindre à son maître. D'un autre côté, le pli était pris, tout le monde entrait comme dans un moulin ; puis, j'aurais eu mal au cœur de les laisser dehors. Je pense que monsieur le comte a eu vent du désordre, car il n'a pas voulu intervenir lui-même, de peur sans doute d'être obligé de sévir. Mais vous, Madame, comment allez-vous nous tirer de peine ?

— Il n'y a pas deux moyens. Cette pièce est-elle affectée seule et spécialement à la distribution ?

— C'est-à-dire, Madame, répondit Pierre, que M. le comte en avait mis deux ou trois à notre disposition. Nous avions choisi celle-ci comme étant la plus grande.

— Montrez-moi les autres.

Il ouvrit une porte et entra dans un autre appartement beaucoup plus petit que le précédent.

A la suite une troisième chambre s'ouvrait directement dans la cour.

Mais cette disposition est parfaite, déclara Marie. Dans la pièce du milieu se fera la distribution, la précédente sera la salle d'attente et la suivante le réfectoire.

— Oui, mais, demanda la mère Riquier, comment obtenir que chacun reste à sa place respective. J'avais déjà pensé à cette organisation, seulement j'ai peur qu'on ne crie dans les trois pièces au lieu de crier dans une. Ce sera, je crois, toute la différence.

— Non, si M. Pierre veut bien se charger de la discipline. Un moyen de l'établir sera de se tenir à la porte qui fait communiquer la première avec la seconde pièce. Il laissera entrer d'abord ceux qui se seront bien tenus et fera attendre le temps qu'il faudra à ceux qui auront manifesté trop d'indiscipline. Mais il devra se montrer impitoyable. Les affamés se calmeront ainsi d'eux-mêmes et, petit à petit, ils en prendront l'habitude. Quant à ceux qui se trouveront dans la dernière salle, il vous sera facile d'y jeter un coup d'œil de temps en temps et même vous pourrez choisir, parmi les femmes qui vous paraîtront sérieuses, une auxiliaire qui vous désignera les récalcitrants et le lendemain, M. Pierre leur causera la désagréable surprise de les faire servir les derniers. Pour cela il faut de la fermeté, beaucoup de fermeté. Nous allons du reste essayer ce nouveau système.

Ainsi que l'avait prévu Marie, les choses s'arrangèrent presque sans difficulté et en moins de deux heures tout était terminé.

Comme le dernier malheureux quittait la pièce, le comte reparut accompagné de Jean.

— Permettez-moi, Madame, dit-il, de m'informer si tout s'est passé au gré de vos désirs ?

— Parfaitement, monsieur le comte, nous avons tout organisé avec la mère Riquier, et j'espère qu'à l'avenir, vous n'aurez plus à redouter de nouveaux désordres.

— Je vous suis infiniment reconnaissant de la peine que vous avez bien voulu prendre, je ne doute pas que vous ayez parfaitement réussi. Votre mari, de son côté, n'a point perdu son temps, et le dommage causé à ma belle boiserie sera bien vite réparé. Mais, si vous le voulez bien, nous allons d'abord déjeuner avant d'inviter Renaud à reprendre sa tâche.

Pierre les précédant, ils se rendirent à la salle à manger. Grande, somptueusement mais sobrement meublée, elle était éclairée pour ainsi dire, par le rayonnement de l'argenterie et des cristaux garnissant la table décorée de fleurs rares.

Marie cherchait à dominer son trouble, mais elle comparait mentalement ce luxe avec son intérieur si modeste ; et les anciens regrets qui, autrefois, assiégeaient son âme, la remplissaient de nouveau d'amertume.

Le repas eut lieu presque silencieusement, Jean avait hâte d'en finir avec son travail et se laissait absorber par ses propres pensées. Ces splendeurs le choquaient plutôt qu'elles ne l'émouvaient, car il avait devant les yeux le spectacle de misères navrantes aperçues chaque jour dans ses courses charitables.

Marie s'engourdissait doucement dans cette atmosphère de richesse et de mollesse. Quant au comte, il suivait sur les traits de la jeune femme les progrès de la tentation.

Nous allons vous emmener avec nous, Madame, dit-il gaiement quand le déjeuner fut achevé. Pendant que votre mari achèvera son travail, vous pourrez vous reposer dans la serre.

Ils se rendirent dans le cabinet de travail et de là, le comte et Marie pénétrèrent dans le jardin d'hiver.

Une bouffée de chaleur douce et parfumée frappa la jeune femme au visage, dès qu'elle pénétra dans la serre, et elle sentit que sa volonté de résistance l'abandonnait ; elle se dit que si elle s'éloignait de son mari elle était perdue. Elle aperçut, à deux pas d'elle, un banc sur lequel elle se précipita. De Maix la suivit désappointé.

— Comment trouvez-vous ce jardin, Madame ? Ne voulez-vous pas le visiter.

— Je suis un peu fatiguée, monsieur le comte, je jouirai aussi bien d'ici de toutes ces belles choses, si vous le permettez.

— Je suis à vos ordres.

— Cette atmosphère invite d'ailleurs à la paresse, dit-elle avec un regard suppliant, et pour adoucir le comte, qui avait froncé les sourcils, elle ajouta :

— Ne voulez-vous pas vous reposer un peu ?

Il se décida.

— Plus rouée que je ne pensais, songeait-il.

partie est remise, mais profitons tout au moins des quelques atouts qui nous restent en main.

— Ce jardin vous plaît, Madame, dit-il d'un air mélancolique ; ce que vous avez vu de l'hôtel a d'ailleurs paru vous faire une agréable impression. Si vous saviez cependant les longues heures de tristesse et d'ennui que j'y passe ?

— Oh ! Vous n'êtes pas souvent seul ? Vous avez vos relations, la cour où vous allez souvent...

— Qu'importe ! Partout je suis seul. Vous ne pouvez vous faire une idée du vide de la vie avec tous ces hommes frivoles et légers qui composent la réunion de ce qu'on appelle mes amis. Notre conversation ? Vous en ririez si vous pouviez l'entendre ! Chasses, succès de cour, succès de cœur mais combien mesquins ! Ni sentiments, ni âmes, dans tout cela. Et les femmes ! Pas une qui sache comprendre les grandes passions. Ce sont des poupées ou des intrigantes.

— Oh ! Monsieur le comte, vous exagérez !

— Du tout. Aussi me suis-je juré que je chercherais loin du monde un bonheur discret qui me ferait oublier le vide de mon existence mondaine. Faut-il m'exprimer franchement encore, j'ai regretté amèrement de vous avoir rencontrée trop tard.

— Monsieur le comte !...

— Oui je sais, vous ne voulez pas m'entendre parler ainsi ! Mais daignez m'écouter pour comprendre que ce que je viens de dire n'a rien d'offensant pour votre dignité. Je me suis résigné, non sans peine, je

vous l'avouerais, à vous voir appartenir à un autre...
voyons ne vous fâchez point ! C'est la dernière fois que
je vous le dis... Donc, je vous le répète, la résigna-
tion m'a été difficile; mais je vous savais honnête.
C'est ce qui ajoutait à votre charme. Aussi comme les
malheureux de tout à l'heure, je viens m'adresser à
votre bonté. J'ai besoin de charité, moi aussi ; j'ai besoin de sentir qu'une femme telle que vous n'est pas
restée indifférente à ma prière. Je sollicite votre amitié.
A défaut d'amour vous ne voudrez pas me la refuser ?

— Non, mais je...

— Oh je vous en prie ne diminuez point, par quelque objection, le don précieux que vous venez de me
faire. Je vous promets d'en être digne. Et maintenant, fit-il en s'inclinant respectueusement, avez-vous
toujours peur de moi et me ferez-vous l'injure de
douter de ma parole ? Comme preuve de votre confiance, ne voulez-vous pas vous promener avec moi
dans le jardin ? Tout à l'heure, j'ai compris que vous
me craigniez. Voilà pourquoi j'ai tenu à m'expliquer
avec vous. Ne vous montrez pas cruelle ! Je me suis
tant réjoui de vous avoir presque à moi seul pendant
ces quelques heures ! Mais votre air effarouché et
craintif gâte tout mon plaisir.

Marie, hésitante, ne savait que faire. Sa conscience lui disait de ne pas quitter le banc protecteur,
mais l'air affligé du comte la désolait. Elle ne voulait
pas paraître trop cruelle, car elle aussi regrettait
presque sans se l'avouer, de ne pouvoir s'abandonner à cet amour.

Mais quoi, ne pouvait-elle, sans être coupable, accorder cette faveur à celui qu'elle aimait déjà ? Sa frayeur n'était-elle point puérile ? Le comte se montrait si respectueux, si désireux de se contenter du peu de joies permises qu'elle pourrait lui donner.

— Elle leva les yeux vers lui.

— Assurez-moi, dit-elle, que vous serez bien tel que vous venez de me le promettre, et j'accèderai à votre demande !

— Pouvez-vous douter de ma parole ? fit-il avec chaleur. Je vous promets de ne point sortir des bornes du respect. Je ne prendrai, ajouta-t-il avec un léger sourire, que les maigres privautés que vous voudrez bien m'accorder.

Ils s'enfoncèrent dans des allées parfumées et à demi-obscures, et arrivèrent sur une délicieuse pelouse semée de fraîches fleurettes. Dans un coin, un banc de rocaille encadré de vigne vierge invitait au repos.

Il y fit asseoir Marie, mais resta debout à côté d'elle :

— Voyez, dit-il, quel domaine féérique est celui-ci. Ne m'accusez point de vanité de propriétaire. Tout le reste de mes richesses m'est indifférent. Mais ce jardin d'hiver est mon seul orgueil. J'ai consacré tous mes soins à l'embellir et à le rendre original, sombre, mystérieux et charmant. Regardez, ne se croirait-on pas au bout du monde ?

Les plantes exotiques les entouraient de tous côtés, un parfum violent se dégageait de quelques-unes, des fleurs aux couleurs éclatantes et aux formes bizarres et uniques qui se pressaient en foule dans de nombreux parterres. Un vrai labyrinthe d'allées s'entrecroisait en tous sens et Marie songeait avec un peu d'effroi qu'il lui serait vraiment difficile d'échapper au comte s'il tentait quelque entreprise.

Il la contemplait silencieux et attentif.

— Point de brutalité, se disait-il, il serait indigne d'un gentilhomme d'abuser de sa faiblesse. Je veux l'amener à se donner d'elle-même, à s'abandonner et je n'aurai point manqué à ma parole. Je veux qu'elle n'accuse que la fatalité qui nous aura jetés dans les bras l'un de l'autre et qu'elle ne puisse pas m'accuser d'avoir forfait à ma promesse. Elle sera à moi, mais sans brusque prise de possession, car elle se ressaisirait.

Il lui causa donc gaiement, sans galanterie affectée.

— Je veux, dit-il, vous offrir une gerbe de ces fleurs parfumées.

Et l'abandonnant à ses pensées, il se mit à casser les tiges et à composer un énorme bouquet ; puis il revint vers elle et couvrit ses genoux de sa moisson odorante.

Grisée, étourdie, elle se renversa en arrière, retenant avec peine les fleurs qui s'échappaient de tous côtés.

Il s'élança pour la soutenir.

— Je vous ai fait mal, dit-il, et il prit doucement sa main qu'il garda dans la sienne. J'ai été trop brus-

que, mais j'ai agi ainsi car, moi j'adore cette pluie de
fleurs qui vous subjugue et vous plonge dans le ra-
vissement. Je ne voulais pas vous offrir un bouquet
tout fait et j'ai pensé que mieux que moi vous sauriez
disposer une gerbe.

Il se mit à genoux pour ramasser les fleurs, tandis
qu'à peine revenue de son étourdissement, elle le
regardait à ses pieds, suppliant, soumis, et s'abandonnait au charme de cette jouissance de luxe amou-
reux.

Il reprit sa main sans qu'elle résistât.

Son mari, ses devoirs, elle avait tout oublié de
même que les promesses du comte, qui lui baisait
doucement les doigts que les fleurs avaient parfu-
més ; voluptueusement elle sentait sa bouche remon-
ter le long de son poignet.

Il se redressait à demi, victorieux, quand un bruit
de pas le fit tressaillir.

En un instant il fut debout. Et Marie, poussée par
un dernier instinct, se domina toute.

Il était temps. D'une allée débouchait un domestique portant un plateau surchargé de rafraîchissements.

De Maix, d'abord furieux, se maîtrisa bien vite.

— Triple sot que je suis ! pensa-t-il. J'avais oublié
la fin de mon programme. J'allais trop vite en besogne.

— Nous allons goûter dans la serre, Madame, dit-il
d'un ton calme, qui finit d'agir sur les nerfs de Marie.
Antoine, vous déposerez le tout sur cette table, là-bas.

— Le domestique, discret et bien stylé, s'avança et obéit. Le comte s'approcha et demanda à demi-voix.

— Que fait Renaud ?

— Il travaille, monsieur le comte. Aussitôt après que vous l'avez quitté, la mère Riquier a passé près de lui disant qu'elle allait vous rejoindre, que vous la demandiez.

De Maix sourit, il fallait empêcher de naître un soupçon dans l'esprit de Jean, et cette présence de la mère Riquier en tiers entre Marie et lui devait suffire à apaiser les suppositions les plus jalouses.

— En a-t-il pour longtemps encore ?

— Pour une heure, monsieur le comte. Je lui ai porté des rafraîchissements comme vous me l'aviez ordonné ; mais il ne veut pas abandonner sa tâche et se hâte tant qu'il peut. Il m'a dit espérer finir dans le temps que je viens de vous dire.

— C'est bien, allez, maintenant.

Antoine lança un regard narquois dans la direction de Marie. Si elle avait pu voir le sourire moqueur du domestique en s'éloignant, elle aurait compris que son aventure n'était point un secret, et que le comte employait sans vergogne la complicité de ses domestiques au profit de ses intrigues amou-reuses.

De Maix prit la table qu'il transporta près de la jeune femme.

— Nous allons faire la dînette, expliqua-t-il en sou-riant. Nous sommes deux pauvres orphelins abandonnés sur une île déserte et nous prenons des forces avant de continuer notre lutte contre la nature.

— Oh ! répondit Marie, se prêtant de bonne grâce à la plaisanterie, deux pauvres orphelins n'auraient point un pareil luxe à leur disposition.

Et du geste elle désigna le plateau couvert d'une argenterie étincelante et de flacons de toutes sortes.

— C'est que notre île est une île enchantée. Notre... amitié a su faire des miracles et embellir tout ce qui nous entoure. Voyons, permettez-moi de vous offrir....

Ce disant il décoiffa une bouteille de champagne dont il remplit une coupe. Marie goûta sans défiance. Le vin piquant et parfumé qu'elle ne connaissait pas encore lui redonna cette griserie qu'avaient, tout à l'heure, causée les fleurs posées maintenant à côté d'elle.

Sans affectation, de Maix remplissait sa coupe : il ne voulait point l'énivrer, mais lui ôter encore une fois toute force de résistance.

Elle se laissa faire.

Il la vit peu à peu retomber dans l'état d'inconscience d'où la présence du domestique l'avait tirée un instant.

Alors il prit place à côté d'elle.

— Notre amitié l'un pour l'autre durera autant que la vie, soupira-t-il à demi-voix. Je ne puis vous exprimer le bonheur qu'on éprouve à sentir qu'une femme vous a choisi pour le confident de ses pensées, de ses chagrins et de ses joies. Qu'est-ce que l'amitié

d'un homme auprès de cela ? Un sentiment brutal et
peu attendrissant. Point d'effusion, mais de brutales
poignées de mains. Avec une femme qui est votre
amie quelle différence de relations ! Cette chère âme
qui vous est tout, sait vous accorder une foule de
privautés innocentes qui embellissent votre vie, font
que vous ne vous trouvez plus seul...

Il se pencha doucement, baisa sa joue, son cou,
s'aventura sur ses yeux. A un mouvement incons-
cient de Marie, il reprit d'une voix douce :

— Tous ces charmants riens de l'amitié féminine,
l'ami a le droit de les réclamer, il est respectueux
mais tendre avec celle qui l'a élu et elle n'a pas le
droit de lui refuser ce qu'elle accorde à toutes les
femmes qui sont de son intimité.

La jeune femme se laissait faire. Bercée par la voix
du comte, elle était une chose inerte entre ses mains.
Elle ne savait plus ni en quels lieux elle était, ni ce
qu'elle se devait à elle-même.

De Maix avait bien réussi dans son œuvre diabo-
lique. Le fruit était mûr il pouvait le cueillir. Il la
saisit doucement par la taille, la forçant ainsi à se
renverser en arrière, son corsage s'entr'ouvrit sous la
pression fiévreuse des doigts de l'amant et le trésor
qu'il convoitait était à portée de sa main. Il fit un
geste...

Une toux sèche l'avertit que quelqu'un approchait.
Il se retourna, irrité, et aperçut par dessus un massif
le bonnet de la mère Riquier.

Pour la deuxième fois, sa proie lui échappait. Hors

de lui, saisi d'une colère intense, il se précipita au-devant de la bonne femme.

— Que venez-vous faire ici ? demanda-t-il rudement. N'avez-vous pas compris mes ordres ?

— Mais si monsieur le comte, seulement il est tard et j'avais bien stylé Antoine. Tout à l'heure, il devait vous faire comprendre que le temps pressait. Le mari a fini sa besogne et réclame sa femme et votre présence. Il me croit avec vous, il fallait donc que je vienne vous chercher. Antoine m'a prévenue qu'il manifestait l'intention de partir à notre rencontre dans la serre. Il l'en a dissuadé, prétendant qu'il allait nous appeler lui-même, ce qui serait beaucoup plus vite fait et il m'a avertie aussitôt.

Pour détourner tout soupçon, j'engagerai monsieur le comte à nous laisser rentrer seules, Mme Renaud et moi. Quant à Monsieur le comte, passant par l'autre escalier, il viendra nous rejoindre quelques instants après dans le cabinet de travail, de sorte que Renaud croira qu'il n'est pas resté avec nous tout ce long espace de temps.

— Vous avez raison.

De Maix s'approcha de Marie qui n'avait pas bougé.

— Quelle bonne occasion je manque, murmura-t-il avec dépit. Je suis un maladroit. Dix minutes de plus elle était à moi. Maintenant il me faudra attendre une circonstance propice. Bah ! elle se présentera bientôt ! Mais je ne veux pas tout perdre.

Et se penchant, il déposa un baiser ardent sur les

lèvres de la jeune femme. Ce fut un brusque réveil, elle se souleva, le regardant avec épouvante.

Mais lui, reprenant son calme, parut avoir agi d'une façon toute naturelle.

— Mon amie, dit-il, en appuyant sur ce mot, vous allez rentrer. Renaud a fini son travail et vous réclame ; voilà Mme Riquier qui vous accompagnera.

— Et vous, monsieur le comte ? balbutia-t-elle, à peine remise et déconcertée par un pareil sang-froid.

— Moi, j'irai vous rejoindre dans mon cabinet. Vous préviendrez votre mari.

Ce mot la glaça en la rappelant à la réalité :

— Mon Dieu ! s'écria-t-elle, y a-t-il longtemps que nous l'avons quitté ? Que va-t-il penser de notre long tête-à-tête ?

— Rien de mal. Il croit Mme Riquier avec nous. De plus, il va voir que je vous ai laissées toutes deux. Vous pourrez lui dire que nous nous sommes séparés après avoir goûté. Car enfin, notre goûter finit seulement, ajouta-t-il en souriant.

Elle détourna la tête, embarrassée, et s'aperçut du désordre de sa toilette. Elle porta rapidement la main à son corsage qu'elle rattacha avec précipitation.

Il s'attendait à une exclamation de reproche, mais elle resta muette. Elle se sentait profondément coupable et comprenait qu'elle serait mal venue de se plaindre de caresses qu'elle n'avait pas su repousser.

— Nous sommes toujours amis ? demanda-t-il en

lui tendant la main. Je vous affirme que si j'ai été un peu trop... tendre, je n'aurais pas voulu vous offenser jusqu'au bout. Vous savez bien, n'est-ce pas, qu'il m'eût été facile de le faire?...

— Oui, et je vous remercie, je suis une créature méprisable de m'être ainsi laissée aller à manquer à tous mes devoirs!

— Mais ne vous croyez pas si coupable! Nous sommes amis, avez-vous dit ; nos épanchements n'avaient rien que de très naturel. Je vous ai embrassée je l'avoue, mais n'embrasse-t-on point une sœur?

Elle porta les yeux sur son corsage.

Il se hâta d'ajouter précipitamment :

— Je vous ai vu souffrante, la chaleur était si grande que j'ai songé à vous donner un peu d'air. Qu'y a-t-il d'extraordinaire?...

Elle accepta ces raisons d'un air lassé, mais ce mot du comte l'avait frappé.

— Si j'avais voulu j'aurais été jusqu'au bout.

Elle sentait bien, la malheureuse, qu'il disait vrai et qu'elle n'aurait rien fait pour résister. Donc, s'il ne l'avait pas prise, c'est qu'il acceptait de l'aimer sans compensation ; s'il s'était laissé aller à quelque démonstration amoureuse, il avait su s'arrêter en face de l'irréparable et elle ne pouvait que le remercier infiniment.

La mère Riquier toussa dans le lointain pour prévenir le comte. Il fit une gerbe des fleurs tombées sur le gazon les mit entre les mains de la jeune femme et s'éloigna rapidement.

Alors la mère Riquier s'approcha avec calme.

— Madame Renaud, cette chaleur vous a fatiguée, dit-elle tranquillement. Je comprends cela et je ne peux me faire à l'air qu'on respire dans cette serre. Voulez-vous venir avec moi rejoindre votre mari dans le cabinet de M. le comte?

— La jeune femme la regarda avec inquiétude, mais la commère avait un air si naturel, que Marie s'imagina qu'elle ne se doutait de rien.

— Que je n'oublie pas mes fleurs! dit-elle, en affectant l'insouciance.

Renaud attendait impatient. Marie avait eu le temps de reprendre un peu de son calme.

— Ma chère petite, vous vous étiez donc égarées dans ce grand jardin, demanda-t-il.

— Non, monsieur Renaud, se hâta de répondre la mère Riquier, pour épargner à Marie l'embarras d'une explication. Nous étions tranquillement dans le fond, et vous avez pu appeler sans que nous entendions.

— Je n'ai pas appelé, mais un domestique est allé à votre recherche.

— Nous n'avons vu personne, et le temps s'est passé si vite que nous ne nous en sommes pas rendu compte. Quand j'ai pensé tout de même que vous deviez avoir fini...

— Mais où est donc M. de Maix? Je le croyais auprès de vous...

— Non, il est resté quelque temps, puis il nous a quittées, car on le demandait.

— Je ne l'ai pas vu passer.

— Pour la bonne raison qu'il est sorti par l'escalier situé au fond de la serre. Il y a bien une heure, n'est-ce pas, Madame?

Marie était restée silencieuse, elle comprenait la comédie qu'on lui faisait jouer, elle sentait que la mère Riquier connaissait son secret, mais elle avait tant redouté une explication avec Jean qu'elle accepta de prendre part au mensonge.

— Oui, répondit-elle d'une voix mal assurée; et, regarde, je n'ai pas perdu mon temps. J'emporte cette gerbe fleurie qui va décorer notre chambre.

— Eh! bien, puisque tu es prête, nous allons partir. J'aurai cependant voulu voir M. de Maix.

— Me voici, me voici, mon cher ami, répondit le comte qui, à ce moment, pénétrait dans le cabinet de travail par la porte de l'escalier. Vous avez achevé votre besogne? Avec qui causiez-vous donc? Ah! Madame Renaud! Elle est venue vous rejoindre. Vous étiez donc bien pressée de quitter la serre, chère Madame? Je voulais la faire visiter à votre mari en allant à votre rencontre et je venais le chercher dans cette intention. Mais quand vous partirez nous la traverserons pour nous rendre dans la cour et Renaud en pourra, à son tour, jouir de mes fleurs. Mon cher, fit-il en examinant le travail du menuisier, il faut que je vous félicite. La reconstitution est parfaite.

— Monsieur le comte, j'ai fait de mon mieux.

— Et ce mieux est très bien. Je vous remercie encore une fois d'avoir consenti à me faire ce travail immédiatement. Je remercie également Mme Renaud d'avoir eu l'amabilité de vous accompagner et d'avoir mis de l'ordre dans ma troupe indisciplinée. Je la prie de m'excuser si j'ai dû la quitter tout à l'heure. Une affaire importune me réclamait. J'espère que la mère Riquier a su la distraire et qu'elle a fait une ample moisson de fleurs.

— Oui, Monsieur le comte, répondit Marie, bouleversée et un peu irritée d'être obligée encore une fois d'accepter sa complicité dans un mensonge d'autant plus pénible que la mère Riquier était aussi un des acteurs de la comédie.

— Et maintenant, Monsieur le comte, répondit Renaud, vous nous permettrez de nous retirer. Il est tard et la course est longue pour rentrer à la maison. Je désire ne pas faire attendre mes ouvriers, car, eux aussi, ont hâte de retrouver leur famille.

— Toujours humain, mon cher Renaud. Voyons, je vais vous accompagner. Nous traverserons seulement la serre et la voiture, tout attelée, nous attendra à l'autre porte de sortie.

— Mais, Monsieur le comte, je ne souffrirai point que vous mettiez votre équipage à notre disposition.

— Il faut cependant en passer par là, déclara le comte d'un air décidé. Alors vous me croiriez capable de vous enlever à vos occupations, d'employer Mme Renaud à un travail ennuyeux pour vous renvoyer chez vous ensuite. Non, ma reconnaissance est plus active que cela. Vous devez vous soumettre et accepter.

— J'accepte donc, monsieur le comte, mais je vais révolutionner le quartier en rentrant dans un si brillant appareil, ce matin, j'ai déjà vu des regards étonnés suivre notre départ triomphal.

— Mais, ce soir, je vous accompagne. Je vais dîner chez un de mes amis qui habite de vos côtés, vous ne me dérangez donc nullement et tout est pour le mieux.

Ils s'engagèrent dans les allées de la serre. Renaud en admira poliment la disposition, car ce luxe *le génait*, il avait hâte de se retrouver dans son intérieur confortable mais simple.

La voiture les attendait à la porte. Marie s'installa silencieusement et se livra à de pénibles réflexions. Le comte était d'une gaieté étourdissante et causa jusqu'à l'arrivée.

Renaud et sa femme prirent congé et rentrèrent immédiatement chez eux pendant que la voiture repartait à fond de train. Les ouvriers attendaient, l'atelier était déjà fermé. Jean s'occupa des affaires de la journée, Marie en profita pour disparaître dans sa chambre. Là, elle se retrouva en face de sa conscience.

Elle allait et venait machinalement, prenant un objet, le reposant. Chaque scène de la journée se reproduisait dans son esprit en traits de feu.

Elle se revoyait ses vêtements en désordre, pâmée sous les caresses du comte, et une rougeur ardente envahit ses joues en pensant que la mère Riquier était la confidente de sa trahison. Comme elle regrettait amèrement de n'être pas restée auprès de Jean! Mais au fond d'elle-même, bizarrerie étrange, se glissait un sentiment de reconnaissance pour le comte qui n'avait point, jusqu'au bout, abusé de sa faiblesse. Elle ne s'était pas aperçue que le temps seul avait manqué à son séducteur.

Se rendant compte de sa propre faiblesse, elle prit la résolution de ne plus quitter son mari et surtout, surtout, de ne plus se trouver seule avec de Maix.

— Oui, pensait-elle naïvement, il faut éviter la tentation. Peut-être n'aurait-il pas la force d'y résister une seconde fois! Quant à moi, je sens que ma volonté m'abandonne en sa présence, car je ne puis me dissimuler que son amour me touche, me ravit et m'épouvante... Après la scène de cet après-midi j'aurai donc le courage de rester auprès de mon mari! lui que j'ai trahi, lui à qui je dois tout! Mais j'ai peur!... Que puis-je faire? Tout avouer? je n'oserai jamais! Il me tuerait! il tuerait le comte! Et il serait si malheureux! Non, je ne puis pas me résoudre à ce parti extrême. Je veux, par une vie d'expiation et de soumission racheter ma faute. Jean ne souffrira pas et je tâcherai, par un dévouement de tous les instants, d'effacer l'offense que je lui ai faite aujourd'hui.

La voix de son mari, l'appelant, la fit tressaillir. Elle se hâta de se rendre à la cuisine pour préparer le repas du soir, et quand ils se trouvèrent à table dans leur petite salle à manger, sous la douce clarté de la lampe, Renaud dit avec satisfaction :

— On est heureux de se retrouver au milieu de tout ce que l'on a gagné par son travail et acquis à force de patience. Ce luxe de l'hôtel du comte me gêne et m'attriste; cet or, répandu à profusion pour le caprice d'un seul, pendant que tant de malheureux souffrent de la faim me répugne et m'offusque.

— Le comte, mon ami, ne peut pourtant pas vendre son hôtel, renvoyer ses domestiques et vivre comme un anachorète; il fait du bien autant qu'il peut.

— Non, c'est un caprice de grand seigneur qui l'a poussé à entreprendre ses distributions de charité; mais remarque comme il a soin de se tenir à l'écart des pauvres qu'il héberge. Il les nourrit mais ne leur donne pas de moyens de gagner leur vie honorablement. C'est une aumône qu'il leur jette, et tous ces gens n'ont point de reconnaissance; ils se disent que ce sont toujours les mêmes qui ont toutes les jouissances, que cet or devrait leur appartenir à leur tour. De là à se révolter pour changer la face des choses il n'y a qu'un pas.

— Mais enfin, que reproche-t-on au comte ?

— De mal accomplir son œuvre charitable. C'est le reproche qu'on pourrait adresser à quantité de ces nobles qui ne sont pas méchants, qui secourent même volontiers les malheureux, mais qui ne savent pas penser que tant que la misère sévira si intense, c'est qu'ils ne font pas leur devoir.

— Alors, quel serait ce devoir?

— Ce serait de renoncer à leurs préjugés, à leurs

privilèges, d'admettre qu'il n'y a point de castes, qu'un homme intelligent vaut par son intelligence, et non par son titre, que tous les Français enfin sont égaux et ont droit chacun à la même sollicitude de la part de la patrie. Je te le dis : tant que le travail sera entravé, tant que les pauvres seront accablés et d'impôts et de vexations, il n'y aura point de paix pour le pays. Il faudrait que tous ces grands seigneurs se missent à la tête du mouvement et proclamassent eux-mêmes toutes ces libertés que chacun demande, sinon le mouvement se fera sans eux et contre eux et ils seront écrasés dans la lutte.

Le comte secourt une foule de pauvres diables. Crois-tu qu'on lui sache gré de sa bonne intention ? Je suis certain qu'on prête à ses agissements un motif intéressé quelconque. Il est certain qu'en en ayant entendu parler comme on me l'avait dépeint, j'ai été stupéfait de ce brusque changement et de cet accès de charité ardente, car s'il était un homme hautain et haï des malheureux, c'était bien M. de Maix.

Marie ne répondit rien et la conversation en resta là. Rentrée dans sa chambre la jeune femme prétexta une violente fatigue, se coucha et ferma les yeux comme prise d'un invincible sommeil. Quand son mari, après avoir travaillé quelques heures, vint la rejoindre, elle lui murmura un bonsoir indistinct. Elle était éveillée cependant, mais elle avait encore sur ses lèvres la brûlure du baiser du comte et les caresses de son mari l'auraient épouvantée et remplie d'horreur.

Le lendemain, le supplice de Marie commença.
La mère Riquier était là et il semblait à la jeune
femme qu'elle la regardait sournoisement et mé-
chamment.

De Maix ne reparut pas de quelque temps. Il ne
voulait pas brusquer la situation. Quand il revint, il
était aussi calme, aussi maître de lui que s'il eut été
chez des indifférents. Il régla son compte avec Jean,
et solda une importante facture. Il semblait parfois
à Marie qu'elle avait vécu dans un rêve, un mauvais
rêve dont le souvenir la poursuivait comme un remords. Mais elle se tint sur ses gardes et jamais le
comte ne la trouva seule : elle s'arrangeait pour faire
venir un ouvrier lorsque Jean n'était pas là.

Un matin, la mère Riquier arriva avec une gerbe
de fleurs magnifiques.

— Eh mon Dieu ! Ma brave femme, s'exclama
Jean étonné, vous avez donc dévalisé les jardins du
roi !

— Non, je ne suis pas en relations assez amicales
avec Sa Majesté, mais M. le comte de Maix qui est
enchanté de la nouvelle organisation de distributions
due à Mme Renaud, m'a permis, pour me récompenser, de suivre si bien les conseils de ma chère bien-
faitrice, de cueillir un gros bouquet dans sa serre.
Je me lamentais de ne pouvoir reconnaître toutes les
bontés de Mme Renaud, alors M. le comte m'a au-
torisée à prendre chaque jour une gerbe dans le jardin d'hiver.

Il m'offrait la meilleure des récompenses, puisqu'il me mettait à même de témoigner ma reconnaissance à Mme Renaud. Ces fleurs, je les gagne par mon travail chez M. le comte, et c'est bien moi qui vous les offre, Madame.

— Bravo mère Riquier, répondit Renaud, bravo ; vous savez témoigner une vraie gratitude, et c'est très bien aussi à M. de Maix de vous fournir les moyens de prouver vos bons sentiments.

La mère Riquier porta les fleurs sur la table de Marie, et se penchant vers la jeune femme comme pour lui présenter le bouquet, elle lui glissa un billet dans la main.

Marie eut un geste pour refuser. Cette femme qui avait été une première fois sa complice dans le mensonge lui faisait maintenant horreur, car elle la redoutait, et l'air confidentiel et important de la mère Riquier l'exaspérait.

Mais que dire ! Qu'y avait-il dans ce billet ? Jean ne la verrait-il pas le repousser et le rendre à la mère Riquier, qui s'était éloignée rapidement pour éviter toute restitution ?

Marie resta en proie à toutes les irrésolutions, et une envie brûlante, torturante la prit de lire.

Elle s'y résolut, non sans lutte, en se promettant que cette violation des ordres de sa conscience serait la dernière.

Quand Jean se fut retiré à l'atelier, elle ouvrit un livre, décacheta le billet qu'elle plaça entre les feuillets. Elle put ainsi le parcourir sans crainte d'être surprise. En un clin d'œil elle en vit le contenu :

« Mon amie, disait le comte, vous ai-je offensée? Je m'aperçois que vous me fuyez, depuis ce jour bienheureux où j'eus le bonheur de jouir quelques heures, seul à seul, de votre adorable présence.

« Que craignez-vous? Je vous rappellerai ce que je vous ai dit dans la serre. Il m'eût été facile d'abuser de vous à ce moment-là. Vous savez que je n'en ai rien fait. Si, entraîné par la griserie de votre présence, je me suis laissé aller à une caresse un peu passionnée, n'accusez point mon respect, il n'a pas diminué. Les fleurs, leur parfum troublant, votre chère présence m'ont tout fait oublier. Mais n'ai-je pas su me contenir? N'ai-je pas su résister à mon plus cher désir? Et pour me récompenser d'un pareil effort, vous me chassez de chez vous par une attitude glaciale, et l'aspect d'un tiers ennuyeux.

« Je ne demande cependant qu'une bien petite parcelle de bonheur. Je suis malheureux, vous le savez, vous seule pouvez m'accorder ce rayon de joie de votre amitié si douce. Je vous en conjure, ne me la retirez pas. Moi qui rêverais d'être tout pour vous, je ne sollicite que la charité d'un peu de sympathie et de confiance. Je me suis permis de vous envoyer ces quelques fleurs par l'intermédiaire de la mère Riquier. Vous allez dire qu'en les acceptant vous mentez à votre mari, qui croit que le cadeau vient de la bonne femme. Eh quoi, le mensonge n'est pas bien gros, l'offrande est bien innocente! Et chaque matin cette gerbe vous rappellera le plus respectueux de vos serviteurs. Aujourd'hui je la charge de plaider pour moi, car, redoutant votre aspect si froid, je n'ose plus me présenter devant vous. D'ailleurs, je renonce à m'expliquer et à implorer ma grâce, puisque vous ne voulez plus que je vous voie seule. Puissent mes fleurs être plus éloquentes et vous décider à être indulgente.

« Si vous me pardonnez, vous garderez ma lettre, sinon, vous la remettrez à la mère Riquier. Dans ce cas, adieu!.., je ne vous importunerai plus! »

Marie resta bouleversée. Elle pardonnait certainement. Du reste elle n'avait point de pensée d'amertume contre le comte, mais accepter l'envoi de fleurs chaque jour, c'était encore entrer dans une nouvelle ère de mensonge. Hélas, le moyen employé par de Maix lui fermait toute issue. Elle se sentait prise dans un engrenage duquel un aveu prompt et franc à son mari pouvait seul la tirer. C'était aussi le parti auquel elle ne pouvait se résoudre. Elle se sentait bien à la merci du comte qu'elle aimait follement et qu'elle ne voulait pas songer à bannir de sa présence.

Les larmes lui vinrent aux yeux, en regardant les fleurs éclatantes qui lui rappelaient des caresses délicieuses auxquelles elle se défendait de penser.

La mère Riquier, sans affectation, rangeait quelques ustensiles de cuisine. En femme rusée, elle attendit : puis, voyant la jeune femme déchirer le billet et le jeter dans le feu, elle sourit silencieusement. Le comte avait triomphé. C'était fini. La victime se livrait définitivement.

La mère Riquier s'approcha tranquillement de Marie qui rougit violemment en l'apercevant.

— Mme Renaud, avez-vous encore besoin de moi?

— Non, dit la jeune femme avec effort, vous pouvez vous retirer.

L'autre, s'en allant, salua profondément.

Le comte l'attendait dans une rue détournée.

— Fleurs et billet sont acceptés, Monsieur le comte, dit-elle joyeusement.

— C'est bien. Vous m'avez servi fidèlement. Soyez-moi toujours aussi attachée et vous serez largement récompensée. Et surtout, gardez-vous d'importuner Mme Renaud! Je crains, en effet, qu'elle ne soit irritée de vous voir entre nous.

— Oh! je me ferai si humble et si dévouée qu'elle comprendra que je suis tout à fait dans ses intérêts, dit la femme avec un sourire mauvais.

— Allez, et soyez exacte à porter mes fleurs.

— Je n'y manquerai pas. Monsieur le comte peut être absolument rassuré.

Les deux complices se quittèrent.

Le comte reprit ses visites comme par le passé et Marie, s'abandonnant à la joie de le voir fréquemment, ne voulut plus songer à la façon dont une si fausse situation se dénouerait fatalement quelque jour.

IV

Les affaires personnelles de Renaud ne lui faisaient

point oublier les affaires d'intérêt général et de soli-
darité patriotique. Il avait suivi avec attention, quelquefois avec joie, souvent avec tristesse, le cours des
événements accomplis depuis le commencement de
l'année 1789.

L'Assemblée Nationale, après sa belle journée du
Jeu de Paume, voyait son action se paralyser en
présence de l'hostilité du roi, et le peuple, qui avait
foi en elle, sentait cette foi diminuer chaque jour.
Enfin un dernier fait mit le feu aux poudres.

Le roi, qui n'avait accepté les projets de réformes
qu'avec répugnance et parce qu'il avait la main forcée, concentra des troupes autour de Paris et, brusquement, le 12 juillet, renvoya le ministère Necker.
Le 12 était un dimanche, de sorte que le peuple
apprit le renvoi de son favori un jour où, ne travail-
lant pas, il avait toute facilité de témoigner son
mécontentement.

Jean était comme le bon génie et le conseiller de
son quartier. Il fut donc un des premiers informés
de la nouvelle car ses amis envahirent sa maison
pour lui demander son avis.

Il n'eut pas un mouvement d'orgueil en recevant
ainsi un témoignage d'estime générale ; il n'osait
prendre une décision, sachant bien que cette décision
serait celle de tous ses amis et qu'il pouvait ainsi
empêcher ou causer de graves malheurs.

— Que faut-il faire, lui demandait-on. Est-ce enfin
le jour de la révolte ? devons-nous par une émeute
répondre à la bravade royale ?

— Mes amis, vous me prenez au dépourvu. On ne se lance point dans une affaire aussi grave en si peu de temps. Puis il faudrait une entente entre les membres de la majorité ouvrière de Paris dont nous ne représentons qu'une infime fraction. Donc, par nos actes nous ne pouvons provoquer un mouvement dont nous ne saurions calculer la portée. Que chacun de nous se rende tout d'abord dans les divers quartiers de Paris où peut aujourd'hui se produire une agitation quelconque. Ce soir nous avons une réunion importante de corporations ouvrières ; nous nous y retrouverons avec les renseignements que nous aurons pu recueillir. Pour le moment il n'y a rien à faire ; un mouvement serait étouffé par les troupes royales. Le jour où l'on se révoltera, il faudra que Paris tout entier prenne part à la révolté et cela ne peut se faire qu'après une entente bien définie. Ce soir donc, rendez-vous au siège de nos réunions pour nous concerter ; car si vous avez bien voulu, mes chers amis, me témoigner votre confiance et si dans la corporation des menuisiers on veut bien m'accorder quelque considération, je suis très peu connu dans les autres corporations. Je ne puis donc pas être chef de parti, je dois vous conseiller d'attendre et de collaborer, chacun de son mieux, au mouvement général, s'il s'en produit un.

On applaudit à ces sages paroles et les camarades de Jean, suivant son conseil, se dispersèrent dans les différents quartiers de la ville. Marie, vers la fin de l'entretien, par discrétion, s'était retirée, Jean la rappela :

— Je suis encore obligé de m'absenter aujourd'hui, dit-il, et peut-être toute la journée. Je vais te laisser seule, tu iras près de Mme Doucet... Tu as entendu tout à l'heure ce que les camarades sont venus m'annoncer. Il y a donc à craindre un commencement d'émeute, surtout dans notre quartier essentiellement ouvrier. Cependant j'espère que cela n'ira pas si loin. Je resterai, comme tu le penses, le moins longtemps possible, mais je ne peux te préciser la durée de mon absence qui dépendra des événements.

Marie vit partir Jean sans inquiétude. Elle était courageuse, puis il y avait si longtemps qu'on s'attendait à quelque chose sans que rien n'arrivât ! Enfin, pour tout dire, le départ de son mari la soulageait, elle ne l'aimait plus et sa présence lui pesait comme un remords.

Renaud savait qu'il apprendrait sûrement des nouvelles dans les jardins du Palais-Royal où se réunissaient les mécontents, et ce jour-là les allées étaient remplies d'une foule houleuse, frémissante.

On commentait les événements et l'irritation était à son comble. La colère de tous était d'autant plus grande que Necker était l'idole du jour, et que les troupes rappelées aux environs de Paris étaient universellement détestées en raison de leur origine étrangère.

La foule grossissait de plus en plus et l'agitation devenait de plus en plus grande. On attendait quoi ? un signal, un indice qui orientât la colère.

Tout à coup un remous se produisit : sur une

chaise un jeune homme venait de monter et, entouré de ses amis, dominant la multitude, lança une vibrante allocution.

— Citoyens, criait-il, le renvoi de Necker est le signal d'une Saint-Barthélemy de patriotes ; cette nuit les bataillons suisses et allemands vont sortir du Champ-de-Mars et vous égorger. Ne résisterons-nous pas enfin à nos tyrans ?

Des acclamations couvrirent sa voix.

— Un signe de ralliement, citoyens, il nous en faut un ! Je propose le drapeau vert symbole de l'espérance !

A peine le laissa-t-on achever. Chacun se précipita sur les arbres, arrachant les branches, les dépouillant de leurs feuilles. En un instant les boutonnières, les chapeaux furent décorés de verdure.

— Le vert, cria un des plus exaltés, mais c'est la couleur de la maison d'Artois.

Alors, revirement subit. Les feuilles furent jetées et piétinées au milieu des malédictions, et l'on se décida à choisir les vieilles couleurs de Paris, le bleu et le rouge.

Jean avait pris part à l'entraînement général. Dans l'orateur qui venait de gagner sa popularité il avait reconnu Camille Desmoulins, jeune avocat avec lequel il s'était déjà rencontré dans plusieurs réunions. Il se joignit au groupe qui l'entourait, et un conciliabule agité commença.

— Nous réclamons Necker ? proposa l'un. Eh bien rendons notre réclamation évidente !

— Comment cela?

— Par une manifestation générale en son honneur.

— Mais il nous faudrait quelque chose, une statue, un tableau qui le représentât !

— Qu'à cela ne tienne, je me charge de vous le procurer,

Il disparut et deux minutes après revint avec un buste du ministre.

— Je connaissais un boutiquier voisin qui pouvait me le procurer, expliqua-t-il.

Et chose bizarre, derrière lui accouraient d'autres individus porteurs du buste du duc d'Orléans. Quelques-uns demandèrent ce que le duc venait bien faire là, mais, dans l'animation générale ils n'y songèrent bientôt plus.

La foule se mit en cortège ; la manifestation suivit la rue Richelieu, parcourut les boulevards et la rue Saint-Honoré. Là, elle fut chargée par la cavalerie Royal-Allemand qui la dispersa. Mais un garde-française qui se trouvait dans la foule parmi les émeutiers fut tué. Aussitôt les gardes-françaises crièrent vengeance, chargèrent Royal-Allemand qui se replia sur les Tuileries pour l'évacuer ensuite rapidement. Le prince de Lambesc en cherchant à dégager ses troupes blessa légèrement un homme. Aussitôt le peuple forma une véritable armée. Et quelle armée ! Jean vit se rassembler autour de lui des individus à mine louche et patibulaire qui, vociférants et menaçants, tâchaient de surexciter par leurs cris les quelques hommes restés à peu près calmes.

— Allons, dit-il, encore une journée perdue pour nous.

Il ne voulut cependant pas quitter la partie et suivit la foule qui abandonnait les Tuileries. La populace se dirigea vers les octrois dont elle brûla les barrières en criant qu'au moins le vin entrerait sans payer de droits ; puis elle se dispersa hurlante et nullement assouvie.

Le soir était venu. Des bandes de véritables brigands continuaient de circuler, effrayant tout le monde et commettant mille exactions sans que personne n'osât intervenir.

Jean rentra chez lui écœuré. Marie l'attendait chez Mme Doucet. En peu de mots il mit tout le monde au courant des événements.

— Je reviens pour quelques minutes seulement, ajouta-t-il ; ce soir il y a une réunion que je ne voudrais pas manquer car, probablement, il y sera pris des décisions importantes. Il est maintenant temps d'agir et il faut que les honnêtes gens prennent l'avance, car en quelques jours Paris serait la proie de ces bandits sans foi ni loi qui n'attendent que les heures d'émeute pour pêcher en eau trouble. Je vous confie Marie, madame Doucet, puisque vous pouvez lui accorder l'hospitalité. Si je ne rentre pas trop tard je reviendrai la prendre, sinon elle passera la nuit près de vous.

Marie ne faisait point d'objection et la mère Doucet la regardait étonnée.

— Mais cela n'est pas pratique, s'exclama enfin

cette dernière. Croyez-vous que votre femme sera tranquille si elle ne vous voit pas rentrer. J'irai plutôt chez vous : c'est elle qui m'offrira l'hospitalité ; les petits resteront avec leur père, et avec moi comme gardienne, Marie n'a rien à craindre.

— Madame Doucet, vous avez le génie des arrangements et votre bon cœur vous conseille toujours admirablement, mais, j'hésite à vous enlever à votre famille...

— N'hésitez pas. Mes enfants auront leur père qui sait très bien s'occuper d'eux : du reste, il viendrait me chercher, s'il avait besoin de moi et, de son côté, il répondrait à mon appel. Il a suivi votre conseil et il est allé visiter un quartier : mais il vous chargera de sa part de renseignements parce que, ce soir, il ne pourra aller à la réunion. On vient de lui apporter un travail pressé et, aussitôt rentré, il devra se mettre à l'ouvrage. Il a pensé que vous le tiendriez au courant des décisions prises, et c'est pour cela que je pourrai passer la nuit près de votre femme puisque lui passera la sienne, ou tout au moins une bonne partie, à travailler.

Chaque chose ainsi décidée, Marie et Jean rentrèrent dîner. Le père Doucet vint les trouver pour dire ce qu'il avait appris : c'était d'ailleurs toujours les mêmes doléances, les mêmes rancœurs, les mêmes sourds ferments de révolte qu'ils avait rencontrés partout où il avait passé.

. . . .

Jean revint de la réunion fatigué et un peu décou-

ragé. Aucune décision n'avait été prise il fallait attendre, disait-on.

— Attendre quoi ? demanda Jean.

Et il raconta les scènes auxquelles il avait assisté.

— Il faut devenir dès maintenant maîtres de l'émeute si nous voulons la diriger vers un but utile, affirma-t-il.

Mais tous ces hommes hésitaient ; n'osaient se prononcer, et, on décida de laisser d'abord agir le roi pour prendre un parti définitif.

Ce qu'avait prévu Renaud arriva. Le 13 juillet, Paris était la proie des brigands. Une bande d'émeutiers assiégea un couvent de lazaristes et envahit les caves du monastère. Le lendemain on trouva dans les mêmes caves trente personnes dont une femme noyées dans le vin que, dans leur ivresse, elles avaient laissé couler.

Quelques-uns, plus charitables, transportèrent des tonneaux dans la rue pour partager avec ceux qui n'avaient pu entrer et la multitude but à la santé des bons pères. Le peuple délivra les prisonniers pour dettes, pilla le garde-meuble, s'empara des armes précieuses qui s'y trouvaient et parla de former une garde nationale.

Jean, qui ne s'était pas couché, avait suivi les progrès de l'émeute avec inquiétude. En présence de pareils excès quelques hommes énergiques s'unirent à lui pour trouver un remède.

Il fallait une armée qui défendît Paris contre la bande de brigands qui menaçait de le dévaster. Les électeurs effrayés se réunirent et mandèrent Flesselle le prévôt des marchands de Paris. Ils formèrent une garde nationale composée de quarante-huit mille hommes ; la cocarde bleue et rouge lui fut donnée comme signe distinctif, et le marquis de Lafayette, dont le nom était populaire depuis la guerre d'Amérique, en accepta le commandement. Ce furent des gentilshommes qui s'inscrivirent les premiers.

Mais le difficile était d'armer cette garde nationale. Flesselle promit de le faire, et il annonça qu'il recevrait dans la journée des caisses de munitions. Ces caisses n'arrivant que le soir le peuple, rendu défiant, voulut en examiner le contenu : il n'y trouva que de vieux chiffons.

Aussitôt l'émeute éclata formidable. Flesselle ne put l'apaiser qu'en déclarant qu'il avait lui-même été trompé. Pour détourner la colère populaire il parla d'un couvent de Chartreux qui avait sûrement des munitions.

La multitude furieuse se rua sur le couvent. Les chartreux ouvrirent prudemment leurs portes aux députés du peuple qui visitèrent tout le monastère sans y trouver d'armes.

Vers le soir un convoi de poudre qui arrivait à Paris fut saisi par l'émeute et ce fut un prêtre, l'abbé Lefebvre, qui se chargea de la distribuer à la cuiller aux citoyens assemblés autour de lui.

La journée s'acheva aussi orageuse et Jean rentra chez lui brisé, rompu.

— Ma pauvre femme, dit-il à Marie, je t'abandonne

complètement. J'espérais revenir faire un tour dans l'après-midi, mais les événements se sont précipités de telle sorte que je n'ai pu y réussir. Enfin je crois que la force restera entre les mains des honnêtes gens.

Et à sa femme qui l'écoutait silencieusement il fit le tableau des épisodes de la journée. Marie n'osait exprimer ses sentiments à Jean, mais elle se mettait à détester le peuple et s'éloignait de plus en plus de son mari en le voyant épouser la cause des prolétaires. Elle avait eu la visite du comte qui lui avait raconté à sa façon ce qui s'était passé, et, par un penchant naturel, elle était portée à tenir pour vrai le tableau des vices populaires que de Maix lui avait peints en quelques mots cinglants.

La soirée s'écoula silencieuse entre ces deux êtres qui ne se comprenaient plus, et Jean l'abrégea pour aller prendre un repos que ces deux journées écrasantes lui faisaient ardemment désirer.

Dès quatre heures du matin il était à l'atelier, mettant de l'ordre dans son ouvrage et préparant du travail pour ses ouvriers. Il espérait rester chez lui, et s'efforçait de rattraper un peu du temps perdu.

Son premier ouvrier entra précipitamment.

— Qu'y a-t-il Louis ? Quoi de nouveau ?

— Patron vous pouvez fermer la boutique, car tout Paris est en l'air. L'émeute d'hier à côté de celle qui se prépare aujourd'hui n'était qu'un jeu d'enfants. Toutes les bandes sont munies d'armes enlevées à l'hôtel des Invalides. Ne perdez pas de temps, hâtez-

vous si vous voulez vous joindre à ceux qui vont com-
battre pour la cause de la liberté.

— Est-ce donc sérieux, cette fois ?

— Quand je vous le dis. Le 14 juillet comptera, si
je ne me trompe, parmi les grands jours de notre
époque, car aujourd'hui c'est le peuple, le vrai peuple
qui relève la tête et réclame sa liberté et ses droits
confisqués depuis si longtemps par la royauté.

A la suite de Louis arrivèrent promptement les autres ouvriers, tous enthousiasmés, prêts à suivre le
patron jusqu'au bout du monde ; l'apprenti, même,
parlait de se joindre à la bande.

— Allons ! dit Renaud, en jetant un coup d'œil de
regret sur son établi... Il appela Marie.

Sa femme accourut, elle le vit rangeant ses outils.

— Encore quitter la maison ! s'écria-t-elle. Jean tu
l'abandonneras complètement. Tu délaisses trop tes
intérêts au profit d'une cause plus ou moins juste et ...

— Plus ou moins juste !... Comment c'est toi Marie
qui parles ainsi. Toi qui as été à même d'apprécier la
misère du peuple, tu me reproches de me joindre à
lui pour faire valoir ses justes revendications ?

— Et je vais encore rester seule !...

— Je ne te reconnais plus... toi, si vaillante et si
courageuse, tu as peur, tu crains de demeurer ici, te
sachant entourée d'amis et de protecteurs... car dans
la maison chacun te respecte, t'aime et te prêterait
main forte au besoin.

— Il est des dangers contre lesquels les secours
des amis sont impuissants.

— Je ne comprends pas !

— Enfin Jean je te supplie de ne pas sortir aujourd'hui !

— Ma chère enfant, je suis au désespoir de te refuser ce que tu me demandes, mais ce serait lâche à moi d'abandonner mes amis quand le danger commence.

Les yeux de Marie se remplirent de larmes. Elle rentra précipitamment dans sa chambre pour ne point continuer une pareille discussion devant les ouvriers; Jean la suivit, mais il ne put ni la consoler, ni obtenir d'elle des éclaircissements au sujet de ce danger mystérieux dont la présence seule de son mari pouvait la défendre.

Assez inquiet lui-même, mais ne pouvant céder, il pensa qu'elle était énervée, surexcitée par tant de bouleversements et se créait des chimères, que le simple raisonnement pouvait détruire. Il lui fit sérieusement ses dernières recommandations.

— Je suis obligé, dit-il, de laisser la boutique ouverte, car j'ai quelques ouvrages pressés qu'on devait me rapporter aujourd'hui. En raison des évènements mes ouvriers peut-être ne tiendront pas leur promesse, mais enfin il faut toujours quelqu'un pour les recevoir. L'apprenti seulement reste avec toi car tous mes hommes veulent me suivre ; en cas de danger tu lui ferais immédiatement fermer la boutique et tu viendrais te réfugier chez Mme Doucet. Du reste je ne crains rien pour toi, car l'émeute ne viendra pas dans notre rue si tranquille.

Il l'embrassa doucement, tendrement comme fait une mère pour calmer les appréhensions d'une enfant peureuse. La jeune femme restait triste et sombre, mais elle ne protestait plus. Son mari la quitta sans avoir pu la faire sortir de son mutisme et il partit chagrin et soucieux.

Ses ouvriers impatients l'attendaient au dehors et le petit apprenti, regrettant d'être trop jeune, rentra, à l'atelier pendant que la bande s'ébranlait dans la direction des boulevards d'où partaient des clameurs qui arrivaient jusqu'au faubourg.

Ils marchaient d'un pas rapide. Jean préoccupé de l'étrange conduite de Marie cherchait à se l'expliquer sans y parvenir, et dans son esprit se glissait l'amère pensée que pas un instant la jeune femme ne s'était inquiétée des dangers que pouvait courir son mari. Ils étaient cependant plus réels que ceux qu'elle redoutait pour elle, mais son amour lui fournit de suite une excuse.

— Bon, se dit-il, elle ne voulait pas m'avouer qu'elle redoutait de me voir prendre part au mouvement, elle savait que la crainte ne pouvait me retenir au logis et elle pensait me garder plus sûrement en me demandant de la protéger ; oui, c'est là l'explication plausible de sa terreur, c'était pour moi qu'elle tremblait en feignant de craindre pour elle.

Il se rasséréna peu à peu. Ses ouvriers chantaient gaiement, marchaient à ses côtés d'un bon pas, interrompant leurs refrains par de nombreuses plaisanteries. Ils étaient joyeux : on eut dit qu'ils allaient à une fête ; ils avaient respecté sa préoccupation, mais Jean ayant ri d'une gaminerie lancée par l'un d'eux, l'élan fut donné et c'était à qui trouverait la meilleure chose à raconter.

— Avec tout cela patron, s'exclama Louis, vous ne m'avez pas demandé de détails sur les nouvelles que je vous ai apportées ce matin, elles en valaient pourtant la peine.

— La preuve mon garçon, c'est que nous sommes là au lieu de nous être mis au travail. Mais, puisque tu nous y fais songer, explique-moi comment il se fait que tu sois si bien renseigné.

— Parce que j'ai été un des acteurs des événements d'hier soir et de ce matin. Quand vous êtes rentré chez vous, l'agitation n'était point calmée comme vous le croyiez. La création de la garde nationale ne rassurait qu'à demi les gens car les nouveaux soldats n'avaient point d'armes, ou du moins une grande partie en était dépourvue.

— Je sais, je sais, on ne pouvait tout faire d'un seul coup mais on avait paré au plus pressé.

— Oui. Cependant la majorité n'était pas contente et, dans la soirée, des groupes de manifestants se formèrent de nouveau. Je me joignis à l'un d'eux pour voir ce qui allait arriver. Nos chefs proposèrent d'aller chercher des armes à l'hôtel des Invalides. Nous approuvons tous et nous voilà partis. Mais, grave difficulté. Vous savez que c'est M. de Sombreuil qui commande là-bas ; nous lui envoyons une députation qu'il reçoit très bien, il lui déclare qu'il consent par-

faitement à donner ce qu'on lui demande si on lui
présente un ordre écrit du roi; car il est bon soldat
et ne connaît que la consigne. Nous voilà tous bien
penauds et, dans la foule, d'anciens militaires approu-
vent la réponse.

— Bien sûr, qu'ils disent, ce monsieur de Sombreuil, on lui a confié la garde des fusils!... Qui la
lui a confiée ? C'est le roi. Donc ce n'est qu'avec
la permission du roi qu'il peut nous les livrer. Son
honneur lui commande d'agir ainsi. Cela ne s'est jamais fait de...

— Cela ne s'est jamais fait, crie un grand diable
furieux, mais cela se fera !

Il donna l'élan. Nous sommes là je ne sais combien
de milliers. On se pousse, on se bouscule, on envahit
les Invalides. Et ce qu'il y a de plus drôle, patron,
c'est que Buzenval campait avec toutes ses troupes à
cent pas de là, au Champ-de-Mars, et qu'il n'a pas
bougé.

En peu de temps nous sommes donc maîtres de la
place et des fusils. Chacun se fournit, on sort, puis de
longues heures s'écoulent, qu'on passe à discuter sur
place ; les uns veulent aller à droite, les autres à
gauche ; et la nuit tombe tout à fait. On se réunit ce
matin, toujours indécis. Qu'est-ce qu'on voit arriver ?
les gardes françaises, qui en ont assez des troupes
privilégiées et qui viennent se joindre à nous. Ils sont
dirigés par deux individus appelés Elie et Hullin.

On ne sait toujours quoi faire, mais plus le temps
passe plus on se surexcite, on est prêt à tout, la foule

devient énorme; elle crie, chante, hurle. En fin de
compte je me dis : Je vais chercher le patron : peut-
être qu'il éclaircira la situation... Mais... écoutez ces
cris; les voix se rapprochent; c'est l'émeute qui
arrive.

A leur rencontre une foule immense s'avançait ; un
cri unique sortait de toutes les poitrines.

— A la Bastille ! A la Bastille !

— Merveilleuse idée, s'exclama Renaud, à la Bastille ! ce symbole de la royauté ! Prenons-le, deve-
nons-en les maîtres pour donner à la cour une idée
de notre force et de notre puissance.

En quelques pas Jean et ses compagnons eurent
rejoint la multitude ; ils trouvèrent là des camarades
qui partagèrent leurs armes avec eux. Et la foule
continua sa marche, grossie à chaque instant par les
retardataires restés au faubourg.

Enfin la place de la Bastille fut envahie. L'énorme
et sombre prison se dressait menaçante et formidable
en face de l'émeute populaire. Un immense cri de
haine s'éleva de la foule. Les imaginations se repré-
sentaient les souffrances des nombreux prisonniers
qu'elle avait tenus enfermés pendant des années de
torture. Tout ce qui touchait de près ou de loin à
la vieille forteresse était universellement détesté et
redouté.

Le gouverneur de Launay s'était fait haïr à cause
de son avarice. Il avait l'autorisation de faire entrer
dans Paris, sans payer de droits, du vin pour ses prisonniers ; or il vendait ce vin fort cher aux habitants

du quartier, et, à ses prisonniers, donnait de la piquette à boire. Aussi la multitude proférait-elle des menaces aussi bien contre lui que contre sa résidence.

Mais il fallait s'emparer de cette forteresse gigantesque et la tâche n'était pas facile : la Bastille était entourée d'un fossé très large et elle avait des murs d'une épaisseur considérable. Elle était donc imprenable pour cette foule mal armée et indisciplinée.

Il est vrai que le gouverneur n'avait sous ses ordres que des forces peu redoutables par elles-mêmes; mais la citadelle était inaccessible.

Avant de commencer l'attaque le peuple envoya des émissaires au gouverneur. Celui-ci les reçut fort bien, et, comme il était environ dix heures du matin, il les invita à déjeuner.

Les envoyés se retirèrent : de Launay leur avait affirmé que son intention n'était pas de résister. La multitude était toujours là, hurlante et non satisfaite ; elle réclamait un homme à poigne, un homme sachant intimider de Launay. Elle choisit un individu nommé Turio, qui se distinguait par la violence de ses diatribes.

Turio pénétra dans la Bastille. Il monta avec le gouverneur sur les tours de la forteresse, et, du haut de cet observatoire, l'invita à juger de la puissance et de la fureur du peuple qui grondait à leurs pieds.

La menace était évidente, et de Launay parut se demander s'il ne ferait pas jeter Turio dans un cachot. L'homme devina-t-il cette idée ? Il se retourna vers le gouverneur et lui dit tranquillement :

— Si vous faites le moindre geste, l'un de nous passera certainement par dessus la balustrade et ira barboter dans les fossés.

De Launay comprit que ce n'était pas Turio qui ferait le grand saut et il n'osa plus souffler mot.

En bas, pendant ce temps, la multitude augmentait toujours ; les gardes françaises avaient amené des canons et tiraient sans aucun résultat car les vieux murs restaient impénétrables. Que faire ?

Les chefs de la bande s'étaient réunis et tenaient un conciliabule qui menaçait de s'éterniser. Jean, que l'inaction irritait, ne pouvait s'empêcher de sourire en écoutant les plans surprenants proposés par ses compagnons.

L'un d'eux demandait qu'on bâtisse une gigantesque catapulte, l'autre, qu'on creusât une immense mine sous les fondements de la forteresse.

Pendant ce temps, de Launay était aussi indécis que ses agresseurs. Son entourage lui conseillait de capituler pour calmer la foule ; lui, eut un moment l'idée de faire sauter la forteresse et de s'ensevelir sous ses ruines.

Enfin, cédant aux sollicitations de la majorité il se décida à ouvrir les portes à la multitude dont les envoyés promettaient la vie sauve à la garnison.

La foule envahit la prison. Jean et les quelques hommes ayant conservé leur sang froid firent ouvrir les cachots. Les prisonniers étaient peu nombreux, mais plusieurs étaient devenus fous, tant leur captivité avait été longue et cruelle. L'un d'eux, d'un air hébété, demanda comment se portait sa Majesté Louis XV.

La populace, exaspérée par une journée d'attente, se rassemble menaçante autour du gouverneur et de ses officiers. Elle et Hullin se proposaient d'emmener de Launay à l'Hôtel de Ville pour le soustraire à la fureur générale ; ils se constituèrent ses gardes du corps et arrivèrent sans encombre jusqu'à l'arcade Saint-Jean. Là, un garçon pâtissier, pris d'un accès de rage, envoya, en l'injuriant un formidable coup de pied à de Launay.

— C'est trop fort, s'écria celui-ci, outré.

Et se précipitant sur son agresseur il le fit rouler dans la poussière. Mais ce mouvement l'avait écarté de ses défenseurs ; avant qu'ils ne puissent intervenir la foule se jette sur le malheureux gouverneur ; il est tiraillé, bousculé, on lui coupe la tête qu'on place au bout d'une pique et une promenade macabre commence à travers la ville.

Jean était resté à la Bastille. Il s'était occupé des quelques prisonniers qu'il avait trouvés. Mais l'ivresse du succès grisant toutes les cervelles, des scènes de brigandages commencèrent. Le peuple se ruait sur tout ce qu'il pouvait briser, s'acharnant, s'excitant lui-même.

Jean essaya vainement de calmer cette fureur. Louis qui avait suivi le cortège du gouverneur, revint raconter à son patron le meurtre auquel il venait d'assister, et, Renaud, écœuré, laissant le champ libre à la foule, reprit le chemin de la maison, triste au possible de voir se terminer dans le sang et le désordre une journée qui aurait dû resplendir dans le souvenir de tous comme l'aurore de la liberté.

V

Marie avait suivi les instructions de Jean. La boutique était restée ouverte, et l'apprenti, installé dans l'atelier, travaillait avec courage pour accomplir la besogne la plus pressée.

Dans l'après-midi, la jeune femme s'était installée à son comptoir. Elle avait devant elle un livre de compte, mais depuis près d'une heure qu'elle était assise ses regards distraits ne s'étaient pas encore portés sur la page commencée. Elle tressaillait au moindre bruit ; plusieurs fois elle alla ouvrir la porte, et, prêtant l'oreille, elle semblait à la fois attendre et redouter l'arrivée de quelque visiteur. Les bruits de l'émeute n'arrivaient pas jusqu'à elle. Un instant seulement une immense clameur la fit se précipiter jusque dans la rue ; puis tout retomba dans le silence.

Elle allait rentrer ; tout à coup elle pâlit, rougit et se cramponna au chambranle de la porte pour ne pas tomber. Elle venait d'apercevoir le comte de Maix qui arrivait rapidement de son côté. Elle ne voulait point paraître émue, mais lui, lisant clairement dans son regard l'angoisse de son âme, sentit que le jour était enfin venu de livrer le combat défi-

nitif. Rien que dans l'attitude embarrassée de la
jeune femme il devina qu'elle était seule et toute à
sa merci. Il ne savait pas la cause de l'absence de
Jean, car il arrivait de sa maison de campagne et
ignorait ce qui se passait à Paris ; mais il fut persuadé immédiatement que cette absence serait longue ; le trouble de Marie et son hésitation à le laisser
entrer disait assez qu'elle se sentait abandonnée et
doutait autant d'elle que de lui.

Pour la rassurer, il la salua gaiement, lui baisa
gracieusement la main, sans pression passionnée qui eût pu l'effaroucher. Elle se disait qu'elle
était perdue si elle le laissait entrer ; un dernier et
rapide combat se livra dans son âme, mais la partie
était bien inégale : elle n'aimait plus son mari, et
depuis quelques jours leur diversité d'opinions s'était
accentuée en raison des derniers événements ; enfin
elle avait conçu pour de Maix une respectueuse ado-
ration qui la charmait et la paralysait tout à la fois.

Il entra donc, s'assit auprès d'elle, parlant de
choses indifférentes, du motif qui l'avait amené, car
il avait toujours un travail sérieux, pressé et com-
pliqué à donner à Jean, et ce travail nécessitait de
longues explications qui lui permettaient de rester
longtemps auprès de la jeune femme. Celle-ci s'était
un peu remise et causait maintenant presque tranquillement.

— Il me semble, dit tout à coup le comte, que Renaud s'absente bien souvent depuis quelques jours ;
il vous délaisse vraiment.

Marie était embarrassée. Elle ne pouvait expliquer que Jean l'avait quittée pour accomplir son devoir dans les rangs du peuple en révolte. Comment excuser sa conduite auprès de sa riche clientèle ? On connaissait ses idées, car il ne les cachait à personne ; mais on ignorait — le comte comme les autres — la part active qu'il avait prise dans les premiers événements.

— Il a été forcé de sortir et...

— Je devine, à votre embarras, dit le comte en souriant. Renaud est féru des idées nouvelles, et ces jours-ci, ce ne sont que réunions et conciliabules de tous ces fameux promoteurs de la liberté. Je gagerais que Renaud est à une de ces réunions. Vous y a-t-il fait assister quelquefois ?

— Jamais.

— Hé, hé, c'est plus intéressant que vous ne le sauriez croire ! Tous ces messieurs causent, discutent, sans jamais s'entendre d'ailleurs. Puis cela se termine par une manifestation aussi bruyante qu'inutile. On court les rues en criant, en réclamant un nouvel état des choses et quand on a crié, on a soif ; c'est alors que les muses de ce monde spécial offrent à leurs chevaliers d'abondantes libations ; vous...

— Oh, monsieur le comte, vous savez très bien que Jean ne boit jamais et qu'il est trop sérieux pour perdre son temps dans des réunions telles que celles que vous dépeignez.

— Oui ; mais votre mari sait que ses idées ne vous vont pas ; il est donc chez lui gêné et ennuyé pour

les exprimer. Vos manières aristocratiques et vos
habitudes distinguées choquent ses instincts de pro-
létaire, et il va au dehors chercher ce qu'il ne peut
trouver ici, un confident .. ou une confidente.

— Monsieur le Comte !

— Alors, expliquez plus logiquement ses absences.
Dites-moi comment il se fait que vous aimant par
dessus tout il vous laisse ainsi des journées entières,
à peine en sûreté à cette époque troublée... Aujour-
d'hui j'ai fait, moi, un véritable voyage parce que je
sentais que vous étiez seule, et je souffrais de vous
savoir abandonnée. Mais je vous aime pour vous, et
non pour moi ! Je ne me fais hélas, aucune illu-
sion !... Je vous adorerai toute ma vie sans jamais
obtenir la moindre faveur... parce que je suis venu
trop tard !

Marie l'écoutait, pâlissant à chaque mot, cherchant à l'interrompre ; mais il avait saisi sa main
dans une fiévreuse étreinte et elle n'avait point le
courage de rompre le charme.

— Monsieur le comte ! par pitié !...

— Je vous en prie, ne vous effrayez pas. Vous m'a-
vez permis, avec votre adorable bonté, de vous aimer
comme ...une sœur ; mais laissez-moi au moins vous
dire ce qui se passe dans mon cœur. Croyez-vous
que ce ne soit pas un supplice continuel de vous
voir si belle, si charmante... de penser que vous au-
riez pu être à moi... et que?... Enfin soit... je vous
adorerai en silence, mais accordez-moi une faveur,
une seule !

— Dites !

— Laissez-moi une fois entrer dans votre chambre à vous, que j'en connaisse la disposition, l'arrangement. Je sais que vous y passez de longues heures. C'est votre résidence préférée. Je sais l'emploi de chacune de vos journées, et quand je serai loin de vous je vous suivrai, en esprit, dans vos multiples occupations. Cela distraira mon chagrin et l'apaisera si toutefois il se peut apaiser. Depuis quelque temps déjà, je veux solliciter cette grâce, mais jusqu'ici je n'avais osé craignant d'encourir un refus...

— Venez !

Marie le précédant, le conduisit dans sa chambre. Là, se faisait sentir plus qu'ailleurs, la présence d'une femme délicate et coquette. Il régnait dans cette pièce un luxe inconnu dans les ménages d'ouvriers de l'époque. Une demi-obscurité régnait dans cette chambre et par cette chaleur de juillet y entretenait une fraîcheur délicieuse.

Marie était entrée machinalement ; mais, par un dernier effort elle restait debout forçant ainsi le *comte* à faire de même, et semblant lui indiquer que la visite devait être excessivement courte. Lui, sans se déconcerter, jeta un regard sur chaque pièce du mobilier et, se retournant vers la jeune femme immobile, il lui adressa un éloquent regard de prière.

— Un petit instant, rien que quelques minutes, que j'en garde à jamais le souvenir. Mais ne me fuyez pas, je veux vous avoir près de moi, à mes côtés, comme si vous m'apparteniez.

S'avançant, il la prit doucement par le bras, et la forçant à s'asseoir il se mit à genoux devant elle. Marie sentait sa résistance disparaître et se laisser entraîner inconsciente.

— Si tu m'aimais ! soupira-t-il. Mais c'est par pitié que tu m'accordes de semblables faveurs et demain, dans un instant même, je serai de nouveau pour toi l'étranger, le visiteur banal ; et pourtant je t'adore ! Hélas, à quoi bon te parler ainsi !... tu ne m'aimes pas. Aussi mon supplice est-il atroce, et te savoir possédée par un autre est au-dessus de mes forces. Cette visite est la dernière que je te fais. J'ai pris la résolution de m'éloigner de toi, car je ne saurais tenir ma promesse, et ne pourrais m'empêcher de t'entretenir de mon amour.

— Oh non ! ne partez pas, ne m'abandonnez pas ! je vous en supplie !

Et Marie, incapable de contenir plus longtemps ses sentiments, éclata en sanglots. Il la saisit dans ses bras, l'enleva, la pressant contre lui. Elle se renversa défaillante.

— Je vous aime ! murmura-t-elle.

Le comte triomphant déposa un baiser ardent sur sa bouche qui s'offrait avec amour... Et la jeune femme s'abandonna toute.

Quand elle reprit ses sens, elle repoussa le comte avec égarement. Se voilant la face des deux mains, elle tomba dans un accablement désespéré. De Maix, la prit alors dans ses bras, et lui parla doucement.

— Ma chérie pardonnez-moi ! Je vous aime tant !

Je souffre de vous avoir causé une peine si profonde, mais mon amour m'a entraîné et je n'ai pas été maître de ma passion... J'ai été heureux quelques instants... Pourtant je les maudis, ces courtes minutes de bonheur, puisqu'elles doivent vous causer un si grand chagrin.

Marie pleurait sans répondre. Ses idées s'entrechoquaient dans son esprit, c'est à peine si elle entendait la voix de son amant. La grandeur de sa faute lui apparaissait tout entière. Elle se représentait le retour de son mari, le calme mensonger qu'elle devait affecter, la vie journalière qui reprendrait son cours avec un souvenir la tourmentant sans trève. Et surtout, et surtout l'amour de Jean auquel elle devrait répondre le cœur plein de l'image d'un autre, l'amer regret de ne plus jouir de ses caresses. Et elle se disait avec épouvante qu'elle était bien perdue, car au remords d'avoir trahi son devoir se joignait le chagrin cuisant d'être obligée de renoncer à tout jamais à cet amour qu'elle venait de goûter avec tant de bonheur. Comment cacherait-elle à son mari et ses regrets et son adultère ! Comment surtout accepterait-elle la passion toujours aussi ardente de Renaud ! Elle joignit les mains dans un geste de supplication.

— Mon Dieu, mon Dieu, que devenir ? Quelle vie de mensonge commence pour moi ! Je ne pourrai jamais la supporter !

— Je voudrais, lui dit-il, pouvoir vous consoler, je voudrais surtout que vous me pardonniez.

— Hélas, monsieur le Comte, vous savez que je vous aime, et vous n'êtes pas plus coupable que moi, car j'ai été très imprudente. Je sentais que je ne pourrais vous résister, je ne devais donc pas vous recevoir. Maintenant il est trop tard. Jamais je ne pourrai mentir et continuer ma vie auprès de Jean. Je ne sais à quoi me résoudre, mais il est certain que mon existence est brisée et que...

— Alors mon amour, écoutez la proposition que je vais vous faire et je vous en conjure promettez-moi d'y réfléchir avant de la repousser. Puisque vous êtes bien décidée à ne point rester auprès de votre mari, pourquoi ne viendriez-vous pas chez moi? Votre place est auprès de celui que vous aimez. Vous y serez honorée, respectée comme ma femme légitime. Pourquoi, puisque la fatalité nous a poussés dans les bras l'un de l'autre, ne pas chercher notre bonheur? Ma chérie, je t'en prie, calme toi d'abord, et réfléchis à ma proposition. Je t'installerai à mon château de Reuilly, à l'abri de toute curiosité indiscrète, tu seras ma reine, et je te ferai une vie d'amour et de délices.

Marie l'écoutait, l'esprit toujours aussi affolé, car elle songeait au désespoir qu'éprouverait son mari en constatant l'infamie de la femme qui lui devait tout : tranquillité et honorabilité. Elle se disait qu'elle avait détruit tout cela, que de cet homme bon, loyal et doux, elle allait faire une sorte de fauve altéré de vengeance. Encore si cette vengeance n'atteignait qu'elle cela ne l'effrayerait point car elle se

serait facilement résignée à mourir ! mais elle craignait pour le comte.

Et à demi couchée, l'esprit perdu dans une rêverie
douloureuse, elle demeura longtemps ainsi sans pouvoir prendre une décision.

De Maix, appuyé contre le lit, la contemplait, et
jouissait de sa conquête. Par de douces caresses il
tentait d'apaiser son violent désespoir et lui parlait comme il aurait fait à une enfant ; il s'efforçait de
lui dépeindre les délices de la nouvelle situation qu'il
lui proposait.

Le timbre de la pendule les fit tressaillir. Il était
six heures. Jean pouvait rentrer d'un moment à l'autre. Le comte ne se souciait pas de se rencontrer
avec lui... non pas qu'il eût peur, mais il venait enfin
d'atteindre son but et il ne voulait pas en se querel-
lant avec le mari risquer de perdre la femme à tout
jamais.

— Ecoute, ma bien-aimée, dit-il à la jeune femme
d'un ton suppliant. Ton désespoir me navre, mais
notre faute est irréparable et devait fatalement arriver en raison des absences continuelles de ton mari.
Tu dois accepter le parti que je te propose ; c'est le
seul qui soit sage et en même temps le seul qui soit
loyal. Je t'emmènerai immédiatement si...

— Non, oh non ! dit-elle effrayée. Ne le frappez pas
tout de suite d'un si grand coup. Je suis à vous, je le
sais, mais je ne puis me résoudre à quitter si vite ce
foyer qu'il avait créé pour moi et qu'il aimait tant.
Laissez-moi, je vous en supplie, accordez-moi un

délai, donnez-moi quelques jours pour réfléchir.

— Soit. Ton mari se rend à Versailles demain, m'as-tu dit ; et quoiqu'il se soit mêlé, plus que de raison aux mouvements révolutionnaires, je sais qu'il tiendra la parole donnée ; il est probable qu'il ne se serait pas engagé s'il avait eu l'idée des événements qui devaient se passer ; mais puisqu'il a promis nous pouvons être certains qu'une révolution même ne le retiendrait pas à Paris. Donc demain tu seras seule. Je respecterai ta solitude. Tu auras ainsi la journée entière pour méditer la solution que je te propose. Je reviendrai après-demain et j'espère te trouver résolue à me suivre.

Marie eut un geste de lassitude qui pouvait passer pour un acquiescement. Le comte la couvrit de baisers et sortit précipitamment.

Restée seule, la jeune femme songea longtemps. Elle s'arracha avec peine de sa rêverie pour préparer le repas du soir. La nuit était venue, Marie resta dans l'obscurité, car il lui semblait que son mari lirait son crime sur son visage altéré.

Puis tout à coup saisie de crainte, elle alluma une lampe qu'elle plaça loin d'elle afin de demeurer malgré tout dans l'ombre.

Lorsque Jean rentra, si préoccupé qu'il fût par les événements auxquels il venait d'assister, il remarqua, malgré la demi-obscurité, la pâleur de sa femme. Il s'avança vers elle pour l'embrasser, mais elle se recula vivement. Etonné, inquiet, il la saisit par la main et la mena en pleine lumière.

— Qu'as-tu, ma chère petite, tu es pâle et tu trembles affreusement. Est-il arrivé quelque malheur ?

Marie se rejetant en arrière, et faisant un effort sur elle-même, répondit d'une voix presque calme :

— Non, il ne m'est rien arrivé de fâcheux, mais la journée m'a semblé si longue, et puis vers une heure, j'ai entendu des cris affreux, j'ai craint pour toi. Mais maintenant que tu es là, je suis rassurée et mieux déjà. Voyons, c'est plutôt à moi à te questionner. Que s'est-il passé ? Es-tu content des événements ?

— Content du début, mais non de la fin.

Et il raconta à sa femme la destruction de la Bastille.

— Ce qui m'a déplu, dit-il, ce sont, après la victoire, les scènes de pillage et de désordre auxquelles j'ai assisté. Aussi me suis-je empressé de rentrer chez nous, laissant les émeutiers crier et vociférer.

— Et voilà les résultats d'un mouvement populaire ! s'écria Marie. Ce seront d'ailleurs les seuls car le roi...

— Le roi n'est guère à craindre maintenant. Le peuple parisien lui a donné une preuve de sa force et de sa colère : il devra agir. Mais on dirait, ma chère enfant, que tu passes dans le parti des oppresseurs ; tu sembles irritée des progrès que la cause de la liberté a fait en quelques jours ; ce serait inexcusable si tu n'étais, comme beaucoup de femmes, amie de la paix et du calme. Rassure-toi. Quand nous aurons obtenu satisfaction cette paix et ce calme

reviendront et seront établis solidement et définitivement.

Marie ne répondit rien, mais ne parut pas convain-
cue. Jean, douloureusement surpris, se félicita de lui
avoir atténué la peinture des désordres qui avaient
marqué la fin de la journée.

VI

Comme le comte l'avait supposé, pas un instant
Jean n'avait eu l'idée de manquer à la promesse
qu'il avait faite de se rendre à Versailles le 15. C'était
ouvertement qu'il avait pris part aux revendications
populaires, il n'avait pas cru pour cela devoir abandonner ses clients aristocratiques, de même qu'il
n'admettait pas que sa liberté de pensée fut entravée
par cette même clientèle. Il était seulement désolé de
quitter le champ de bataille pour trois jours, mais il
savait qu'aucune action décisive ne serait commencée pendant ce laps de temps, car on voulait se rendre
compte des décisions de la cour relativement à
l'émeute.

Le lendemain, Jean qui partait trop tôt pour faire
ses recommandations à Mme Doucet, enjoignit
sérieusement à sa femme de se rendre chaque soir
chez ses amis pour y passer la nuit. Marie, heureuse
d'être libre, le lui promit, tout en se félicitant de
pouvoir agir à sa guise puisque Mme Doucet n'était
pas prévenue. Elle poussa un soupir de délivrance

quand elle le vit s'éloigner. Elle avait tant souffert depuis sa faute, surtout depuis qu'elle s'était retrouvée en présence de son mari et qu'elle avait dû subir ses caresses si redoutées, que la proposition du comte avait fait un grand pas dans son esprit et qu'elle n'était pas éloignée de l'accepter.

Enfin elle avait deux jours de répit, puisque de Maix avait promis de ne point la voir, et de ne venir chercher sa réponse que le surlendemain soir. Mais le temps s'écoula sans qu'elle eût la force de prendre un parti décisif, et, lorsque le comte arriva, il la trouva aussi irrésolue et aussi désolée.

— Je ne peux pas, je ne peux pas, sanglota-t-elle désespérément, accordez-moi encore un délai. Mon mari ne rentre qu'après-demain. Soyez bon, attendez encore jusqu'à demain.

— Ma chérie, vous n'êtes pas raisonnable. Plus vous attendrez, plus cela vous semblera cruel. Ensuite si votre mari revenait...

— Non, il a trop de travail. Venez demain soir à la nuit, lorsque la boutique sera fermée. Les ouvriers ne vous verront pas entrer et vos visites si rapprochées ne pourront nous compromettre. Laissez-moi ce dernier jour pour dire adieu définitivement à ce qui m'entoure. Je vous le promets, je vous obéirai ensuite.

Le comte ne put rien obtenir de plus et partit assez mécontent.

Jean était à Versailles depuis trois jours et ne devait rentrer que le lendemain matin. Mais il avait hâte de retourner chez lui et il activa si bien sa besogne que, dans l'après-midi, il se trouva libre. Au lieu de coucher au château ainsi qu'il l'avait annoncé à Marie, il reprit la route de Paris.

Tout en cheminant, il revivait en esprit le temps de son séjour à Versailles. A son arrivée, il avait été interrogé par tous. On soupçonnait bien qu'il avait été un des acteurs de la journée du 14 juillet ; on avait paru l'ignorer. Les courtisans le questionnèrent sur un événement qui n'avait que très peu secoué leur torpeur et les questions étaient empreintes plutôt de curiosité que d'inquiétude. On voulait avoir plus de détails intéressants, mais on n'admettait pas la gravité de la situation. Jean était stupéfait. On lui rapporta les paroles de Louis XVI apprenant la prise de la Bastille :

— Mais c'est donc une révolte !

— Non sire, avait répondu un courtisan plus franc et surtout plus clairvoyant que les autres, c'est une révolution.

Donc le roi était averti, l'importance du soulèvement populaire n'avait pas échappé à quelques-uns. Jean aurait pu en douter car la vie continuait au château dans les mêmes conditions. A ceux qui l'interrogeaient, il avait fait un récit complet, espérant ouvrir les yeux à ces aveugles ; mais il s'aperçut qu'on connaissait bien l'affaire, on était même mieux que lui au courant des massacres qu'il aurait voulu ignorer et cependant ni le roi, ni les ministres, ni même l'Assemblée n'osaient prendre une décision qui calmât le peuple.

En faisant ces tristes réflexions, Jean marchait rapidement avec l'espoir de rentrer chez lui assez tôt dans la nuit. En route, il rejoignit un voiturier qui, complaisamment, lui offrit une place auprès de lui et le déposa à la barrière Saint-Antoine. Il était neuf heures quand il pénétra dans la ville.

Absorbé par ses pensées, il allait sans prendre garde à ce qui se passait autour de lui. Une animation singulière régnait dans les rues : des hommes au visage farouche, des femmes aux traits émaciés portant de misérables bébés décharnés causaient en gesticulant et semblaient en proie à une vive surexcitation.

— Hé Jean ! cria une voix amie.

Il se retourna. Derrière lui arrivait un de ses vieux camarades de la corporation qui, lui aussi, paraissait très animé.

— D'où viens-tu mon vieux ?

— De Versailles où j'ai travaillé hier et aujourd'hui. Et toi, mon cher Grandet, que fais-tu de ces côtés ?

— J'arrive d'une réunion où j'ai entendu, comme à toutes les précédentes d'ailleurs, les doléances d'une foule de malheureux. Mais cette fois, nous n'avons pas perdu notre temps. Au lieu de gémir avec ceux qui souffrent, nous tous de la corporation avec quelques-uns des principaux corps de métiers, nous avons résolu d'agir. Et voici notre décision.

Nous en avons assez des tergiversations, des ministres et du roi qui confèrent pendant que nos femmes et nos enfants meurent de faim ; nous sommes tous décidés à protester, nous voulons nous réunir de nouveau pour réclamer, en manifestant, les quelques honnêtes gens qu'on a éloignés du pouvoir. Mais nous avons besoin de quelqu'un qui prenne la parole et sache exprimer nos désirs, et c'est pour cela que, de ce pas, je me rendais chez toi.

— Chez moi ?

— Pour t'apprendre que, à l'unanimité, on t'a choisi pour conduire notre manifestation. Oui, mon vieux camarade, ton honnêteté, ton expérience, ton intelligence t'ont valu cette lourde et dangereuse mission que tu ne refuseras pas cependant, j'en suis certain.

— Mon ami, je suis très contrarié d'être chargé d'une pareille tâche, surtout si brusquement ; mais je ne puis que l'accepter quoique n'ayant pas confiance dans son efficacité.

— Pourquoi ?

— Parce que nous préparons un mouvement dont ensuite nous ne serons plus les maîtres. Qui pourra l'arrêter ? Personne. Quand nous aurons donné le signal à tous ces malheureux, quels actes ne commettront-ils pas ? Et puis, derrière eux, arriveront ces êtres louches, ces bandits dont Paris regorge et qui saisissent avec empressement la moindre occasion de trouble pour accomplir leur sinistre besogne. Lorsque le soulèvement sera complet, le roi enverra ses régiments qui massacreront innocents et coupables ; ensuite le peuple reprendra son ancien collier de misère, une rage de plus au cœur.

— Alors que faire ?

— J'aurais préféré attendre quelque temps, voir ce que cette assemblée pourra nous obtenir. Mais vous avez tout organisé ; maintenant il n'y a plus à reculer ; j'ai promis mon concours, je le fournirai. Voyons, explique-moi exactement le rôle que vous me destinez.

— Voilà. Notre rendez-vous avec les camarades est pour neuf heures, devant chez toi. Tu prendras la tête de la manifestation, nous parcourrons les rues en ordre, on enverra nous haranguer, et toi, tu répondras en exprimant nos désirs, qui sont ceux du peuple entier. Nous ne serons que quelques centaines d'ouvriers, mais ce nouvel avertissement, suivant de près le soulèvement du 14, décidera peut-être la cour à sortir de sa torpeur.

— Je te l'ai dit, je crains des désordres qui forceraient le roi à agir contre nous. Enfin, nous tâcherons d'être calmes et surtout d'empêcher le mouvement d'aller trop loin.

Tout en causant, les deux amis avaient marché rapidement. A un carrefour ils se quittèrent après s'être concertés définitivement. Jean n'avait plus que quelques pas à faire pour rentrer chez lui. Il arrivait près de sa porte quand il s'aperçut que la fenêtre de sa chambre située à côté de la boutique était légèrement entr'ouverte. Une inquiétude le saisit.

— Comme Marie est imprudente, se dit-il ; il serait si facile à quelqu'un de pénétrer chez elle.

Et il hâta le pas. Il mettait sa clé dans la serrure lorsque Marie apparut à la fenêtre.

— Qui est là ? demanda-t-elle d'une voix épouvantée et tremblante.

— C'est moi, s'empressa de répondre Jean. Ma pauvre femme je t'ai effrayée, je rentre plus tôt que je ne pensais. Je vais t'expliquer...

Et en parlant ainsi, il ouvrait la porte. Marie s'était rejetée en arrière et prête à s'évanouir se retourna affolée.

— C'est mon mari, dit-elle à voix basse. Partez, ou nous sommes perdus.

Un homme s'élança, bondit sur la fenêtre, l'escalada et sauta dans la rue, mais au même instant Jean pénétrait dans la chambre...

Il aperçut cette ombre qui fuyait et lui qui jamais n'eut osé soupçonner sa femme, il la vit tremblante et pâle dans l'attitude d'une coupable attendant le coup qui va la frapper.

Dans la chambre nulle trace de violence ne se faisait remarquer. Donc, l'inconnu n'était pas un malfaiteur.

Jean était comme assommé, pas un son ne pouvait sortir de sa gorge contractée. Il s'avança enfin, et saisissant sa femme par le poignet, il la traîna jusqu'au milieu de la pièce qu'éclairaient vivement les rayons de la lune. Là, Marie chancela et si le bras robuste de son mari ne l'eut point soutenue, elle serait tombée. Il n'eut qu'un mot...

— Misérable !...

Puis il la lâcha dédaigneusement, et elle s'affaissa,

— Mais lui ? cria-t-il tout à coup pris d'une rage folle. Son nom ! Je veux son nom !...

Marie restait hébétée et muette. Jean parcourait fiévreusemeut la chambre, cherchant une chose sur laquelle il pût décharger sa colère. Sa femme !... il avait failli la tuer. Si elle avait parlé, si elle avait essayé de se disculper, il l'aurait brisée, mais elle restait là sans mouvement, presque sans vie, et sa colère n'osait s'attaquer à cette inertie.

Comme il faisait un pas, son pied heurta un objet, machinalement, il se baissa et le ramassa. C'était un portefeuille élégant et parfumé qu'il reconnut de suite : il l'avait vu si souvent entre les mains du comte.

Pendant ce temps, Marie s'était traînée à ses pieds.

— Jean, tue-moi ! murmura-t-elle.

— Et qu'est-ce que cela réparera ? lui demanda-t-il amèrement. Ma vie en sera-t-elle moins brisée ? Misérable créature, je me sacrifiais chaque jour pour augmenter ton bien-être et satisfaire tes appétits de luxe. Pendant ce temps, l'homme du monde, l'inutile, le sot parfumé volait l'honneur du pauvre ouvrier. Ah comme j'aurais dû comprendre qu'élevée dans cette atmosphère de richesse et de vice qui entoure la noblesse, tu ne saurais jamais comprendre l'amour d'un honnête homme ! Quand ce comte venait ici, tu rougissais de mes habits de travail, tu

ne t'inquiétais pas de la différence morale qui exis-
tait entre cette canaille et moi. Car ton amant est
une canaille qui vit des malheurs du peuple et chaque jour des milliers de voix le maudissent. Eh bien,
va le retrouver, va... je te chasse !...

Il fit un geste pour la repousser, elle tomba à la
renverse évanouie. Jean, les bras croisés la regarda
un moment avec peur, fit un mouvement pour s'ap-
procher d'elle, mais recula avec répulsion, entr'ouvrit la porte et disparut dans l'escalier. Deux minutes
après, il reparaissait avec la mère Doucet ; celle-ci,
apercevant Marie étendue et livide, s'élança, la prit
dans ses bras robustes, et la transporta sur son lit.

Ce n'était pas une bavarde que la mère Doucet,
mais bien une femme d'action énergique et résolue.
Quand on avait frappé chez elle, entendant une
voix amie, elle avait aussitôt ouvert. Quand elle avait
aperçu le visage pâle et hagard de Jean qui l'avait
mise au courant de l'indisposition de Marie, sans lui
en faire connaître les motifs, elle s'était empressée
de descendre sans poser de question, sans exprimer
ses propres sentiments. Elle comprenait qu'un drame
venait de se dérouler et elle avait une intuition de
ce qui s'était passé, car le changement de Marie et
les visites fréquentes du comte n'avaient pas été sans
l'inquiéter.

Ses soins énergiques firent revenir la jeune femme
à la vie, mais un délire affreux la saisit, elle se mit
à causer avec fièvre et incohérence et ses paroles
confirmèrent les suppositions de la mère Doucet.

Jean était allé dans la salle à manger. Se promenant avec fièvre, il tâchait de calmer sa fureur et d'envisager sa situation, mais les plaintes de Marie le faisaient tressaillir et réveillaient à la fois sa colère et sa fureur.

Cette créature, il aurait voulu pouvoir la chasser ! Mais maintenant qu'elle était malade, qu'un vent de folie avait passé sur elle...

La mère Doucet, malgré ses soins éclairés, ne put faire retrouver une lueur de raison à la malheureuse. Les heures s'écoulaient lentement sans que Jean interrompit sa promenade monotone.

Au petit jour la mère Doucet alla chercher un médecin. Quand elle revint elle trouva Grandet à la porte.

— Bonjour, madame Doucet, je viens voir Jean. Je lui avais donné rendez-vous pour neuf heures, mais j'ai quelques arrangements à prendre avec lui. Pensez-vous que je le dérange ?

— Si vous le dérangez ! mais le malheureux a passé une nuit blanche. Sa femme est mourante. Je viens d'appeler le médecin.

— Comment !... cela a donc été bien prompt. Est-ce pendant son absence qu'elle est tombée malade ?

— Non. Cette nuit subitement, elle s'est évanouie et depuis n'a pas repris connaissance.

— Quel malheur !... Je ne sais que faire ! C'est pour une chose excessivement sérieuse que j'avais besoin de le voir. Mais... maintenant je n'ose !

Ils causaient près de la fenêtre à demi fermée.

Elle s'ouvrit tout à coup et Jean parut, mais si changé, si pâle, si horriblement vieilli, que Grandet recula effrayé.

— Mon vieux camarade, dit Renaud, d'une voix calme, tu as eu raison de venir me trouver. Entre avec Mme Doucet, je suis prêt à t'entendre.

Ils obéirent. Jean reçut Grandet dans la salle à manger.

— Mon ami, lui dit celui-ci, comme je prends part à ta peine ! Je reviendrai chercher des nouvelles après la manifestation ; je t'excuserai et expliquerai ton absence.

— Mon absence !... mais j'assisterai, comme je l'ai promis à...

— Tu laisseras ta femme si malade !

— Oui, dit Jean d'une voix rauque... Le devoir avant tout. Mme Doucet soignera ma femme. Oh !... je t'en prie... ne réplique pas, ne m'admire pas... ma volonté absolue est telle et nul ne m'en fera dévier.

A ce moment, une plainte partie de la chambre voisine le fit tressaillir, il blêmit davantage.

— Donc, reprit-il, pas d'objection. C'est pour neuf heures ? Rien n'est changé ?

— Non. Je suis venu plus tôt pour régler quelques questions de détail.

— Parle...

Jean, la tête dans ses mains, écouta les explications de son ami. Parfois un frisson le secouait tout entier. De sa main robuste il saisissait la table et la

faisait craquer et gémir, puis il reprenait sa pose im-
passible.

Comme neuf heures sonnaient les camarades arrivèrent et se groupèrent avec force bruit devant la
porte. Grandet alla les rejoindre et leur expliqua les
dernières mesures à prendre. Quand il revint, Jean
était debout.

— Partons, dit-il d'une voix ferme.

— Et ta femme?

— Mme Doucet est auprès d'elle et le médecin
vient d'arriver.

— Veux-tu attendre quelques instants pour assister
à la consultation.

— Non, non, cria Jean la figure contractée et terrible, allons-nous-en... je sais... je sais assez... ne
m'ôte pas mon courage!

Grandet se tut épouvanté et suivit sans discuter
son ami qui sortait précipitamment. A l'aspect de
Renaud une longue clameur retentit; lui semblait ne
rien entendre. Ses camarades se rapprochèrent et
attendirent ses ordres. Se contraignant pour être
calme il leur expliqua ce qu'il comptait faire.

— Nous nous livrons, dit-il, à une manifestation
toute pacifique; celle du 14 juillet qui n'a point servi
de leçon à la royauté s'est terminée par des effusions
de sang. Aujourd'hui nous sommes peu nombreux,
mais, dans le cours de notre marche, nous engage-
rons les malheureux à se joindre à nous, et bientôt
nous serons des milliers. Il faut effrayer cette Assemblée de qui nous espérons tout et qui est si lente à

nous satisfaire. Nous parcourrons les rues, en bon ordre. C'est là une condition essentielle de réussite. Les événements nous guideront et nous inspireront dans les réponses à faire aux représentants du pouvoir qui, sûrement, tenteront de nous haranguer et de nous disperser.

Des acclamations couvrirent la voix de Renaud, chacun approuvait ses paroles. Et le défilé commença lentement.

On était au 22 juillet. Le temps était magnifique et les flaneurs très nombreux se joignaient aux manifestants. Bientôt ce fut une foule énorme qui roula comme un torrent de rue en rue. Petit à petit l'animation faisait place au calme, des hommes aux figures hâves et décharnées, aux regards brillants de fièvre commencèrent à pousser quelques cris isolés, puis, des pierres furent lancées dans les fenêtres de riches hôtels devant lesquels on passait.

En tête des manifestants Jean accompagné de Grandet marchait sombre et préoccupé. Grandet sentait monter en lui une inquiétude car les grondements de la foule qui les suivait indiquaient que le moindre incident ferait dégénérer la manifestation en émeute; il n'osait interrompre la rêverie de son camarade. Cependant le péril devenait pressant.

— Mon cher ami, pardonne-moi de t'arracher à tes pensées, dit-il, en posant affectueusement la main sur l'épaule de Renaud.

Celui-ci tressaillit, et, subitement ramené à la réalité, il jeta un regard derrière lui. La rue était rem-

plie d'une populace qui se bousculait, criait et vociférait; le bel ordre du début avait disparu. Jean hocha tristement la tête.

— Tu vois, dit-il, je te l'avais prédit. Comment ramener le calme dans tous ces cerveaux exaltés, et à juste titre hélas !... ...Je parviendrais facilement à me faire entendre des camarades qui me connaissent; mais je ne suis pas un chef de parti. J'avais espéré que de cette masse populaire surgirait un homme qui prendrait la direction de tous et derrière lequel je m'effacerais. De notre mouvement isolé je comptais que sortirait spontanément une manifestation générale dans laquelle nous nous perdrions, je comptais... il serait plus exact de dire : vous comptiez, car c'était bien là votre but quand vous êtes venus me chercher. Moi je doutais et j'avais raison. Qu'avons-nous provoqué ? le désordre... Qu'allons-nous faciliter? probablement le meurtre et le pillage. Je vais...

Il n'eut pas le temps d'achever. Une clameur effroyable retentit. D'une rue adjacente débouchait un élégant équipage poursuivi par une troupe déguenillée et hurlante. Des cris incompréhensibles sortaient de cette multitude en délire. Les chevaux lancés à fond de train furent arrêtés brusquement par la masse populaire qui leur barrait le passage, et les poursuivants entourèrent l'équipage en redoublant leurs vociférations.

Un homme était assis dans la voiture, et en présence du danger il restait calme et froid. Une mer humaine l'englobait menaçante et grondante, autour

de lui rien que des visages hagards et furieux, il
n'avait à attendre de secours de personne.

Debout, sur une borne, un orateur improvisé, les
les traits convulsés par la colère, gesticulait violemment et haranguait la foule.

— Eh! là-bas vous autres! vous ne le reconnaissez
pas, c'est Bertier l'affameur, le coquin qui est de la
bande à Foulon et qui s'entend avec lui pour pres-
surer le pauvre peuple. Depuis Compiègne il se sauve,
le misérable, mais nous l'avons reconnu et suivi, et
maintenant le laisserez-vous passer?

— Non! non! hurla la populace.

— Son beau-père, Foulon a dit de nous : quand le
peuple n'aura plus de pain il mangera de l'herbe, et
lui l'a approuvé; il va payer sa dette aujourd'hui.

Vengeons-nous, cria un autre forcené.

La voiture assaillie de tous côtés fut à demi-ren-
versée. Berthier sauta à terre et prit sa course, mais
la bande acharnée se rua derrière lui, et la foule tout
entière s'élança sur ses traces. Il se sentit perdu,
alors, se retournant brusquement il arracha des
mains d'un des poursuivants un fusil dont il se servit
pour parer les coups qui l'accablaient de toutes parts.

Cependant une voix énergique partie de la foule,
se fit entendre.

— Place, place! criait-elle, est-ce là ce que vous
avez promis? Où est ce calme dont vous ne deviez
pas vous départir? J'en appelle aux hommes d'honneur qui ont engagé leur parole et ne veulent pas
commettre d'assassinat.

Et Jean Renaud écartant les rangs pressés du peuple, suivi de ses camarades, se plaça devant Berthier.

Mais au moment où il allait parler un éclair de fureur jaillit de ses yeux, ses traits se convulsèrent et il poussa un cri si rauque que tous se retournèrent pour voir ce qui lui causait une si forte émotion.

A l'extrémité de la rue s'avançait, nonchalamment bercé par son cheval, le comte de Maix qui, tout à coup, apercevant cette multitude maintenant presque calme mais toujours menaçante, serra les rênes et parut prêt à retourner sur ses pas. Alors la folie sembla s'emparer de Jean.

— Sus, sus, à l'aristocrate! cria-t-il. Arrêtez-le, mes amis, massacrez, massacrez-les tous. Peut-être enfin pourrons-nous conserver nos biens et notre honneur intacts quand le dernier de ces nobles maudits aura cessé de respirer.

En un instant il oublia et Berthier qu'il protégeait, et la mission qu'il s'était donnée. Arrachant une arme des mains d'un de ses voisins il bondit à la poursuite du comte qui, faisant rapidement volter sa monture, s'apprêtait à s'enfuir. Un coup de feu retentit et le cheval roula à terre entraînant son cavalier. Avant que celui-ci ne se fût relevé la foule était sur lui; il fut saisi, porté de mains en mains jusqu'à un réverbère et au moment où Jean accourait enfin il aperçut pendu le corps de son ennemi criblé de blessures.

Une scène analogue se passait à l'endroit que Jean

venait de quitter. Berthier acculé contre une porte luttait désespérément. Mais comment résister à une pareille multitude ? Au bout d'un instant de cette lutte inégale son fusil lui était arraché des mains il était saisi, traîné, tiraillé par le peuple en délire, tous se disputaient la joie de l'achever et depuis longtemps il avait cessé de vivre, que quelques forcenés s'acharnaient encore après cette loque humaine affreusement mutilée.

Leur rage n'était pas assouvie. Un raffiné proposa un nouveau plaisir ; il prit son couteau, ouvrit la poitrine de Berthier, en arracha le cœur ; il l'entoura d'un bouquet d'œillets blancs, le plaça au bout d'une pique et la promenade du funèbre trophée commença.

La foule hurlante arriva devant le réverbère auquel se balançait le corps du comte. A ses pieds, Jean Renaud, sombre, les bras croisés, le regardait avec une épouvantable expression de haine assouvie et Grandet affolé ne savait comment l'arracher à cette contemplation. Il se disait qu'une folie subite avait envahi le cerveau de son ami, que cette folie l'avait transformé en bête fauve dont le moindre mot renouvellerait les accès de fureur, et hésitant, désespéré, il ne savait que faire.

Le défilé macabre passait sans que Renaud ni Grandet n'y prissent garde. Mais les forcenés n'étaient pas satisfaits ; l'un d'eux s'approcha à pas de loup, grimpa au réverbère et coupa la corde, le cadavre tomba.

Jean recula, et le plaisant s'écria :

— Lui aussi, les amis !

Et ouvrant la poitrine du comte il en arracha le cœur, on trouva quelques fleurs pour l'entourer, et on s'apprêtait à le placer à l'extrémité d'une seconde pique lorsque Jean s'élança.

— Mes amis, supplia-t-il, je vous le demande pour moi ce trophée-là ! Si vous m'avez encore quelque reconnaissance pour les services que je vous ai rendus donnez-le-moi.

— Tu l'aimais donc bien ce comte ? tu veux qu'on respecte ses dépouilles ! s'exclama un homme en ricanant.

— Moi ? Et un éclair de haine jaillit de ses yeux, n'est-ce pas moi qui l'ai signalé tout à l'heure à votre colère ? non, si je réclame son cœur c'est que j'ai une vengeance à satisfaire.

— Eh bien, prends-le donc !

On le lui jeta. Il le saisit et comme un fou s'élança suivi par Grandet.

VII

La matinée s'était écoulée longue et triste dans la maison de Jean Renaud. La mère Doucet avait reçu le médecin et l'avait amené auprès de Marie qui était de nouveau sans connaissance. Le docteur examina la malade et hocha la tête.

— Cette dame a dû éprouver une forte commotion morale, elle a le système nerveux si ébranlé que le

moindre choc la tuerait; il lui faut du calme, beaucoup de calme.

Il prit dans sa poche un flacon dont il versa quelques gouttes entre les lèvres de Marie. L'effet ne se
fit pas attendre; au bout de deux ou trois minutes
une rougeur monta aux joues de la malade, elle ouvrit les yeux faiblement, regarda autour d'elle, se
redressant à demi, comme si elle cherchait quelqu'un
ou quelque chose, puis retomba accablée.

— Jean, murmura-t-elle.

— Il est sorti, s'empressa de répondre la mère
Doucet, il est sorti pour chercher une potion de-
mandée par le médecin. Dieu merci! vous nous avez
fait une belle peur, maintenant il faut tâcher de ne
penser à rien et de vous reposer.

— Oui, ajouta le docteur avec autorité, reposez en
sécurité. Madame qui veille sur vous est chargée de
vous délivrer de toute inquiétude, conformez-vous à
ce qu'elle dira.

Ces paroles ambiguës rassurèrent à demi la jeune
femme, elle s'imagina que Jean avait vu le docteur,
que par conséquent son mari n'avait pas abandonné
la maison pour courir à la vengeance et elle se laissa
aller à son accablement. Le médecin, que la mère
Doucet avait mis au courant du peu qu'elle savait, et
qui lui aussi devinait un drame intime, se retira en
promettant de revenir dans l'après-midi.

Marie était plongée dans une sorte de torpeur, qui
la rendait indifférente à ce qui se passait autour
d'elle. La mère Doucet s'installa auprès de son lit et

ne la quitta pas un instant. A une heure elle alla déjeuner rapidement, se faisant remplacer par sa fillette.
Elle était inquiète de ne pas voir Jean revenir ; il
lui avait expliqué ce qu'il comptait faire, et avait annoncé son retour pour midi au plus tard. Le quartier
était calme, presque désert, tous les hommes ayant
accompagné la manifestation.

La mère Doucet sortit de la boutique, et explora
la rue du regard. Personne à l'horizon. Elle revint
dans la chambre reprendre son poste de garde-ma-
lade. Marie n'avait pas bougé, elle ne réclamait plus
son mari, ne faisait plus un mouvement, et cependant elle avait toute sa connaissance, car lorsque la
mère Doucet s'approchait d'elle et lui donnait sa potion elle la remerciait du regard et obéissait docile-
ment. Dans ce regard, sa garde dévouée lisait une
question à laquelle elle n'osait répondre ; ignorant
ce qui s'était passé elle craignait de ramener une
crise par une parole imprudente, et Marie qui sou-
haitait et redoutait en même temps le retour de Jean,
appréhendait de le réclamer plus clairement. Les
heures passaient ainsi péniblement. Souvent la mère
Doucet jetait un coup d'œil furtif par la fenêtre,
mais elle ne voulait pas prolonger son investigation
de crainte de laisser deviner son inquiétude.

Tout à coup le bruit d'une course précipitée ré-
sonna. Dans la rue un homme arrivait haletant, poursuivi par un autre individu. Il tenait à la main une
sorte de bouquet flétri. En une seconde il fut devant
la boutique et y pénétra précipitamment. La mère

Doucet se leva épouvantée. Avant qu'elle eut fait un mouvement la porte de la chambre s'ouvrit poussée comme par un ouragan, et l'homme entra. C'était Jean, mais à peine reconnaissable, les yeux injectés de sang, l'aspect d'un fou furieux.

Marie s'était redressée, en poussant un cri déchirant, son mari se rua sur le lit et y jeta l'objet qu'il tenait à la main : c'était un cœur humain. Des œillets lui formaient une couronne, et de l'artère tranchée coulaient lentement quelques gouttes de sang, qui tachant la couverture glissèrent doucement à terre.

Marie ne criait plus : les yeux dilatés par l'épouvante elle regardait Jean qui ricanait d'un rire saccadé.

— Tu as brisé mon bonheur ! s'exclama-t-il enfin d'une voix terrible. Ton misérable complice a payé de sa vie sa trahison et je t'apporte mon trophée, le symbole de ma victoire, son cœur, oui son cœur, que tu pressais sur ta poitrine tandis que moi le pauvre ouvrier j'usais ma vie pour te voir heureuse. Par ta coquetterie infâme tu as détruit l'existence de deux hommes, sois maudite !...

La jeune femme eut un éclat de voix qui n'avait rien d'humain, elle se renversa en arrière lourdement, ses bras battirent l'espace puis elle resta immobile.

La mère Doucet qui avait assisté, muette et affolée, à cette scène, se précipita vers Marie, elle appuya la main sur sa poitrine et se pencha cherchant à surprendre un souffle de vie.

— Elle est morte, dit-elle enfin indignée, et vous êtes son bourreau !

— Le bourreau se fera justice madame Doucet. Mais sachez que cette créature de mensonge et de perversité m'a transformé en assassin ! A mes bienfaits elle a répondu par le déshonneur et la trahison. Je l'ai maudite !... Oui maudite !... Et pourtant je l'aimais... je l'adorais...

Il se mit à genoux à côté du lit.

— Non, reprit-il en sanglotant, je retire ma malédiction, dors en paix pauvre femme ! La vraie coupable en tout ceci, c'est cette noblesse avide et sans scrupules qui vient semer la honte jusque dans nos familles. Pour elle nous ne comptons pas, nos sentiments excitent sa risée et elle se joue des choses les plus sacrées. Mais patience ! l'heure de la vengeance a sonné. Hélas je ne verrai pas poindre l'aurore nouvelle. Moi aussi j'ai mérité un châtiment : j'ai renié les principes de ma vie entière et, en quelques heures, j'ai menti à toutes mes croyances, car j'ai assassiné lâchement un homme sans défense...

Et d'un geste rapide il sortit un couteau qu'il dissimulait et se le plongea dans la poitrine. La mort fut instantanée. Le cadavre s'abattit sur le lit couvrant à demi le corps de la jeune femme. La secousse qu'il donna fit glisser le cœur sanglant qui tomba sur le parquet avec un bruit sourd.

Alors la mère Doucet perdit la tête, elle se précipita hors de la maison criant et appelant au secours. En sortant elle se heurta contre un homme pâle et tremblant : c'était Grandet. Il avait poursuivi Jean espérant le calmer et, le ramener à la raison. Mais cette course vertigineuse l'avait épuisé, car la passion furieuse et la rage ne le soutenaient pas comme son ami. Il était tombé en arrivant au but. Jean, fermant brusquement la porte l'avait si rudement frappé qu'il s'était affaissé tout étourdi. Il resta un moment presque sans connaissance. Les éclats de voix qu'il entendait lui donnèrent une vigueur nouvelle en même temps qu'ils le mettaient au courant d'une partie de la vérité. Il secoua la porte mais elle était fermée en dedans, et pendant qu'il luttait ainsi la mère Doucet assistait tranquillement au drame qui se déroulait devant elle.

Quand elle ouvrit, Grandet se précipita dans la pièce et se trouva en présence des deux cadavres. Il arrêta la mère Doucet.

— Point de bruit, dit-il énergiquement, il faut étouffer cette histoire qui serait préjudiciable à la mémoire de mon pauvre ami. Il ne faut pas que son dernier acte salisse une vie entière de probité et de dévouement, il ne faut pas déshonorer la mémoire de sa femme...

— Qu'allez-vous faire ?

— Profiter de l'effervescence populaire. Reporter le cœur du comte sur le lieu de l'assassinat, déclarer, si l'on m'interroge que Jean a été saisi d'un accès de folie qui l'a poussé à commettre le crime, que sa démence était causée par le chagrin de voir sa femme atteinte d'une maladie très grave, et que rentrant chez lui, juste à temps pour assister à la mort presque subite de celle qu'il adorait, il s'était suicidé sur son cadavre. La question du suicide je ne puis l'écarter, les constatations légales l'établiraient, mais si l'on s'étonne que Jean si courageux, si oublieux de lui-même, ne se soit plus souvenu des devoirs que lui imposaient l'époque troublée où nous vivons, et l'espoir que beaucoup de malheureux avaient mis en lui, si on l'accuse pour un chagrin personnel, d'avoir abandonné la cause publique je répondrai en rappelant l'incohérence de ses actes et de ses paroles d'aujourd'hui, et je mettrai son suicide, comme son crime, sur le compte d'une folie qui a frappé les yeux de tous.

Puis se tournant vers Jean et Marie comme s'ils l'eussent pu entendre il ajouta d'une voix entrecoupée:

— Dormez en paix, pauvres êtres, victimes du pouvoir monstrueux qui nous régit. La culpabilité de Marie retombe sur l'éducation donnée à toutes ces malheureuses qui, approchant la noblesse, apprennent à en vénérer le clinquant, sans en comprendre les vices et les faiblesses. On leur inculque l'idée que cette aristocratie n'est point de la même race que le reste de l'humanité, qu'elle a des droits et point de devoirs. Tromper son mari avec un gentilhomme ! Mais ce n'est point un crime c'est un honneur ! Et comment arracher cette conviction de leur âme quand elles ont chaque jour devant les yeux l'exemple de certains membres de la noblesse qui

offrent aux rois leurs femmes et leurs filles pour maî-
tresses.

Et toi, mon pauvre Jean, toi qui rêvais des jours
meilleurs. Ils viendront j'en suis persuadé; mais ton
concours si vaillant nous manquera bien des fois
jusqu'à ce que nous arrivions au but. Ton souvenir
béni de tous flottera parmi nous à l'heure de la lutte
dernière, et nul, je le jure, ne connaîtra cette dé-
faillance de la dernière minute. Chacun gardera le
souvenir de ta loyauté et de ton dévouement à la
bonne cause.

Le lendemain eut lieu l'enterrement. Simplement,
presque planches contre planches, les deux cercueils
avançaient lentement portés par les robustes épau-
les de camarades qui avaient revendiqué ce funèbre
honneur. Et sur leur passage le peuple se découvrait
tristement, rendant ainsi hommage aux premières
victimes d'une lutte où il devait bientôt puiser les
forces nécessaires pour ébranler les trônes et dicter
au monde étonné de nouvelles lois de progrès et
d'humanité.

Courbevoie. — Imprimerie E. BERNARD, 14, rue de la Station.